講談社文庫

実さえ花さえ

朝井まかて

JN166357

講談社

目次

実さえ花さえ

第一章　春の見つけかた

一

なずな屋の庭は、今日も品定めの客で賑わっている。

松竹梅の寄せ植えに寒菊、寒蘭、福寿草と、迎春支度に訪れた人々の顔つきには気《き》忙《ぜわ》しさの中にも晴れやかさがある。

客に振る舞った番茶の湯呑みを縁側で片づけていたおりんは、枝折戸《しおりど》を押して入ってきた二人の女に目を奪われた。洗い髪に銀鼠《ぎんねず》の羽織、瑠璃色の襟巻きまでお揃いで、いかにも粋筋の女たちらしい。よほど花が好きなのだろう、雛壇状にしつらえた棚に並ぶ鉢を見るや目を細め、ぽんと拍子を合わせて帯の脇を叩いた。

二人は急《せ》きもしないで棚から棚を巡っていたが、年嵩《としかさ》の女が思いついたように足を止め、踊りのような仕草で腰を屈めた。棚の下段から小振りの鉢を持ち上げると、いかにも喉の強そうな低い声を出す。

「どれどれ」

「ああ、気の晴れる匂いだ。決めた、わっちはこの枝垂《しだ》れにするよ」

妹分も前屈みになって形の良い鼻を寄せるが、不同意だったらしく下唇を突き出した。

「梅は白粉《おしろい》くさくないかえ、お姐《ねえ》さん」

「何言ってんのさ、梅は匂いよ桜は花よって言うじゃないか。梅はね、花の中でいっち上等の匂いなんだよ」

「そういえばそんな端唄《はうた》があったわねえ。エエ、梅は匂いよ、桜は花よォ、人は心よ振り要らぬゥ……」

姐さん格の女がそこに口三味線をつけ始めたものだから、辺りの客は何事かと顔を見合わせたが女たちの小粋な調子に笑みを浮かべ、またとっておきを見つけに庭を巡り始めた。

総じて、江戸の者は花好きである。太平の世の武士にとって花いじりは嗜《たしな》みのひとつであるし、あらゆる道楽の果てに庭普請に行き着いた大商人たちや、庭など持たぬ裏長屋の連中でさえ軒下で菊や万年青《おもと》を育てては悦に入っている。

近頃、そんな花好きの間で名が上がり、隅田川《すみだ》のほとりも向嶋《むこうじま》まで足を延ばせば一度はのぞいてみたいと言われているのが、ここ、なずな屋だ。

その評判は、まず売り物の質にあった。縁日の植木市などではいかさまな物も多く、値切り勝ちして得意になったはいいが蕾《つぼみ》のまま枯れてしまったり、掘り出し物のはずが何の変哲もない花だったりということも珍しくない。

ところがなずな屋の品は少々高値《たかね》ではあるがどの種苗《しゅびょう》も生き生きとしていて、花つきがすこぶる良い。触れ込みに偽りがないばかりか期待以上の花を咲かせて隣近所からも褒《ほ》められるので、「なずな屋は上々吉《じょうじょうきち》」ということになる。

それもそのはず、主《あるじ》である新次《しんじ》は育種《いくしゅ》の腕を磨いた花師《はなし》である。育種とは樹木や草花の栽培のことで、種から育てる実生《みしょう》はもちろん、挿し芽や挿し木、接ぎ木で数を増やしたり、性質を強くする品種改良や様々な種類を交配して新種の作出《さくしゅつ》まで行なう。

徳川の時代に入って本草学《ほんぞうがく》が盛んになったことから江戸の植木職人の育種技術は飛躍的に高まり、それを専業とする者が分かれて花師を名乗るようになった。梅や椿、菖蒲などは、後世に残る品種のほとんどがこの時代に誕生し尽くしている。

向嶋はそもそも文人墨客が好んだ風雅に富んでいたので、贅《ぜい》を尽くした大店《おおだな》の別邸や隠居所が点在しており、鄙《ひな》びた中にもどこか粋な空気が感じられる。しかも寛政のこの頃になって資力のある植木屋が別店《べつだな》を次々と開いてからは、行楽がてら買い物もできるというので新たな名所となっていた。

なずな屋は、千草万花を競う植木屋たちの間でひっそりと開いている小体《こてい》な店だ。新次とおりん夫婦、あとは繁忙期にだけ手伝いに来る船頭の古女房と通いの小僧だけで切り回している。

夫婦の住まいを兼ねた店は、近くの豪農が持っていた隠居所が空き家になっていたのを借り受けたものである。長年の放置で家屋は傷んでいたが新次の幼馴染みで通い大工をしている留吉《とめきち》が手を入れてくれ、見違えるようになった。周囲には藪椿と櫟《いちい》の混ぜ垣を結い回し、そぞろ歩きの者にも庭の風景が垣間見えるように低く仕立ててある。

敷地の中心にある母屋は居間と客間、小間の三間きりであったが、庭に面した居間に広い縁側の巡っているのがおりんの気に入った。苗選びの客が土足のまま腰掛けて休めるし、手がすいていれば茶湯なども出せると思ったのだ。

縁側での番茶振る舞いはいざ始めてみれば予想以上に受けがよく、ここで一服つけてはまた品選びに戻ってを繰り返し、半日ほど過ごしていく客もいるほどだ。

おりんも、ここで過ごすのが好きだ。冬場も開け放しているので冷たい風にさらされるのだが、磨き込んだ板の上にできる陽溜まりには肌にそっと寄り添うような温もりがある。そして縫い物をしていても、目を上げればそこに庭が開けている。新次が丹精した木々や草花が並び、それを選んでくれる客たちがいる。おりんはその風景のそばにいるだけで、人も季節もいとおしいような明るさで満たされるのだった。

台所で洗い物を済ませたおりんはまた縁側に戻って坐り、苗鉢の底をくるむ油紙や麻紐を葛籠《つづら》から取り出し始めた。また、さっきの女たちの粋な声が響く。六尺近い上背の新次を見上げ、熱心に話し込んでいるようだ。

やがて客足も途切れたのだろう、新次が一服つけに縁側から居間に上がってきた。

「お疲れさま、今日は大賑わいね」

声を掛けても新次には聞こえぬようで、長火鉢の前に腰を下ろして所在無げに首を拭いている。心なしか、顔に朱が差しているようだ。

「風邪でもひいたのかしら」

おりんが額《ひたい》に手を当てようとすると、何でもないと顎《あご》を逸らした。やれやれ、いつものご難ね。火鉢にかけていた鉄瓶の湯で熱い番茶を淹《い》れ、猫板の上にそっと置いて差し出した。新次は湯呑みに手を伸ばしもせず、独り言のように呟《つぶや》いた。

「まったく、玄人《くろうと》さんにはかなわねえや」

「さっきのお姐さんたちのこと？　お正月用の鉢をたくさん買ってくれたのでしょう。縁起がついて有難いわねえ」

新次は「ん」と生返事を返しながら、横を向いた。

「羽織を着ていたから辰巳芸者さんね。惚れ惚れするほどの艶っぽさだったわ」

「……なあ」

「なあに」

「女の客は、これからお前《め》ぇが相手をしてくんねえか」

「おや、らしくもない」

「らしくもねぇって、何だ」

おりんは肩をすくめ、火箸を手にして灰を寄せた。

「売り物といえども、むざむざ枯らされちゃあ花が可哀想だ。それで花いじりが厭《いや》になっちまうお客にも気の毒だ。だから売り放しにはしねぇ、どんな相談にも乗るのが尋常だって言い暮らしているのは、どこのどなたさんだったかしら」

横顔を見せたまま、新次はぐすんと鼻を鳴らした。

「私は、お前さんほどお手入れの伊呂波《いろは》を教えられないしねえ。それとも、口から出まかせでもいいならやってみようか。ええ、椿は牡丹に比べますとお手入れが楽で、日当たりのよくない裏庭でも丈夫に育ちますぅ」

するとと新次がようやく、おりんを見た。驚いたように片眉を上げている。

「おりん、いつのまに覚えた」

「え。今の、合ってるの」

「合ってる」

「やだ、門前の小僧になっちゃったのかしら」

目を白黒させながらおりんが頰《ほお》を膨《ふく》らませていると、新次は「もういいや、今の話は忘れてくんな」と、苦笑いを浮かべた。一服つけるつもりで上がってきたはずなのに煙管《キセル》も遣わず、大きなくしゃみを一つ落とすとそのまま裏の苗畠へと出て行ってしまった。

「ほい来た、尻切れ蜻蛉《とんぼ》」

後ろ姿を茶化していると、霜除けの藁《わら》を運んでいた手伝いの婆さんが縁側に近づいてきて、忠義顔で庇《かば》い立てをする。

「親方の男振りがあんまりいいんで、お姐さん方に色目を使われちまったですだ」

「あらあら」

「花の相談かと思ったら、いきなりいい男だねェとやられたもんだから泡喰っておられたですよ」

「お店を始めて十月《とつき》は過ぎるというのにまだ慣れないなんて、困った人だこと」

「お客さんに無下な返事もできませんだにねえ。まあ、無理もねえですだ。役者にしたいほどの男前だし、若く見えなさるから女房持ちにはとっても見えね。あ、おら、お内儀《かみ》さんの前だというに余計なことを」

婆さんは前垂れで皺だらけの口をおおい、そそくさと身を縮めて庭へ戻って行った。その姿が剽軽《ひょうげ》た猿のようで、おりんは笑い出していた。

新次は顔の造作が際立っている男で、三十に近い今も鼻筋がきりりと通り、涼しい目許をしている。留吉が言うことには、十代の頃は町内の娘たちがぞろぞろと後をついて歩いたほどだったらしい。

ところが本人は、自分の顔に迷惑していた。女たちの騒ぎをやっかんだ者に色男扱いされたり安く見られたりと、いい思いをしたことがなかったらしい。今でも決して愛想の良い方ではないが、おりんと出逢った頃は、何か気に障ることでもあるのかと思うほどぶっきら棒な男だったのだ。

おりんは、新次の三つ年下である。生来の気性が明るくからりとしており、物言いにも迷いがない。おまけに娘時分から、恋の手練手管にはとんと縁がなかった。というより、親の考えで琴に三味線、踊りに和歌と稽古事に走り回るような毎日だったから、付け文をされてもそこから先の遣り取りに費やす暇が無かったのだ。

新次と一緒になる前のおりんは生まれ育った家を出て深川《ふかがわ》で一人住まいをしており、長屋の女の子たちに手習いや裁縫を教えて暮らしを立てていた。そのままお師匠《し》さんの気分で、新次にも真直ぐな口をきいたらしい。それにびっくりしたと、所帯を持ってから言われたことがある。女といえば皆、流し目で科《しな》を作る気色の悪いものだと思い込んでいたのだろう。

だから新次が女客を任せたいと言い出したとき、おりんには見当がついていたのだ。本当は花だけを相手にしていたい、根っからの職人なのである。かといって、まだ素人《しろうと》に毛が生えた程度のおりんに代わりが務まるはずもなく、「女と見ると逃げ腰だから、面白がられるんじゃないのかしらねえ」と溜息をつくしかなかった。

向嶋は、夕暮れになっても賑わっている。大きな植木屋たちは篝火《かがりび》を焚《た》いて道行く人をもてなすので、隅田川を行き交う舟からは年の瀬を忘れさせるような景色が広がっていることだろう。

年が明けて松がとれると、おりんはある思案を形にし始めた。

一つひとつの鉢に「お手入れ指南《しなん》」を付けたのだ。「水やりは土が乾いてから、鉢穴から流れて出るほどたっぷりと」「咲き終わったあとの花柄《はながら》や黄葉は、こまめに摘んで」などの基本から、花の種類によって異なる手入れの方法を新次に教わって一枚の紙に綴《つづ》った。

二

新次が言うには、初心者はたいてい同じ失敗を繰り返す。まず、水をやり過ぎるのだ。樹木も草花も水切れならその後たっぷりと水をやれば葉を少々落とすことがあっても大抵は息を吹き返すが、水のやり過ぎは根を腐らせてしまう。そうなるともう手の施しようがない。土の中は水が少し足りないくらいで、ちょうどいい。その水を求めて植物は根を張り、強くなるのだ。

なずな屋のお手入れ指南は有り難い、しくじりが防げるとどの客にも喜ばれ、「苗より指南が目当ての客もいるんじゃねえか」と新次が軽口を叩くほどであった。新次を見ると素振りの怪しくなる女客もまだいるにはいたが、お手入れ指南で応対の手間は半分ほどになり、そのぶん落ち着いて接するさまが板についてきた。

おりんは裏庭に面する小間に文机を出して、墨を磨《す》っていた。水滴を落とし、柔らかいような硬いような手応えを繰り返していると、静かな匂いが立ち昇ってくる。生きた草木には無い、過ぎ去ってしまった月日を練り上げたような香りである。

おりんの生家は浅草《あさくさ》の小間物屋で、大店ではないがそれなりに繁盛していた店である。しかし若い継母が男の子を生んで、父との間がねじれた。古株の手代におりんを嫁がせようと、あれこれ采配を始めたからだ。母が生きていた頃は少なくなかった縁談も、娘夫婦に店を継がせたい一心で選り好みし続けたのは父である。継母の意向が透けて見えていたとはいえ、人柄も商いの腕も感心しないとこぼしていたその手代に暖簾《のれん》を分けてやっても良いと持ちかける父の身勝手さが、おりんはどうにも口惜しかった。

頑として首を縦に振らぬ娘に業を煮やしたのか、そのうち、おりんが出掛けるとなると供の女中に決まって継母が用を言いつけ、代わりに手代を寄越すことが頻繁になった。主夫婦に担がれた手代は婿気取りを隠さず、二人になると息がかかりそうなほど肩を寄せてくる。とうとう我慢のならなくなったおりんは、生まれ育った家を出ることにした。

「お針をちゃんと身につけたいから、深川のおばさんちにしばらく厄介になろうと思うの」

できるだけ平静を装って切り出したとき、父は顔色を変えた。亡くなった母の姉である伯母は縫い物の腕だけで後家の身を通している気丈な女で、父とは何かと反りが合わなかったのである。しかしそれも束の間のことで、拍子抜けするほどあっさりとおりんの願いを聞き入れた。まとまった金包みをそっと渡してくれたが、縁切り金に思えた。

深川に移り、おりんは裁縫やお菜ごしらえを教わりながら暮らした。軽口が好きで針を運びながらでも可笑《おか》しいことを言っては笑わせてくれる伯母のそばは楽しかったし、何よりも言葉に裏のない人の有難みが身に沁《し》みた。父や継母が口にすることは、いつも本心と裏腹だったからだ。

だが、安穏な暮らしは一年も続かなかった。悪い風邪が流行《はや》り、伯母は二、三日寝ついただけであっけなく逝ってしまったのだ。

おりんの一人住まいにしては、持て余す広さの家である。そこで、手習いを教えることにした。近所の子供たちが数人でも集まってくれれば気が紛れる、そんな軽い気持ちだった。

ところが貧しい家から束脩《そくしゅう》をとらないおりんの家は、三月《みつき》も経たぬうちに長屋の子供たちで溢れた。普通は女師匠のところには女の子しか通わせないものだが、小さな弟を子守りがてらにつれてくる子もたくさんいて、おりんはそのまま幼い子にも筆を持たせた。

やがて青物売りの子は謝礼がわりに売れ残った菜っ葉を、豆腐屋の子は豆腐を持ってくるようになり、時折、子供たちと一緒に昼餉《ひるげ》を囲むようになった。そして、おりんが日に一度は大きな声を出さねばならぬほど賑やかな家になったのである。

そんな頃、ふらりと訪ねて来たのが新次だった。

「新しい花の名を考えたのだが、自分は悪筆でいけないので清書してもらえないだろうか」

代書を頼まれるのは珍しいことではなかったが、職人姿の若い男があまりにぶっきら棒なのにおりんは呆れた。住まいを尋ねれば「近くの長屋に住む花師だ」と答えはする。花師という仕事をおりんは知らなかったのでまた一つ二つ何か聞いたと思うが、目も合わせずに答えて何とも感じが悪い。花の名を記したらしき二つ折りの紙を膝前に差し出されたものの、こんな人の代書は断っておくが身の為と口を切りかけた時、おませな女の子たちが若い新次の容子《ようす》のいいのに気づいて大騒ぎを始め、新次は這《ほ》う這《ほ》うの体《てい》で逃げ出したのだった。

　そのまま懲《こ》りてもう来ないかと思っていたらちゃんと筆料を持って引き取りに来て、それからも何だかんだと依頼しては黙って帰っていく。そのうち、何か気に障ることがあって無愛想なわけではないことがわかってきて、まだ墨の乾かぬ紙を間にして少しずつ口をきくようになった。

　気がつけば、女房になっても新次のために書いている。しかし今の書き物は半端な量ではない。苗が売れれば売れるほど、お手入れ指南を用意する数も増えるのだ。引き札屋に刷りに出す余裕はないので、一枚一枚すべて手書きするしかない。しかも子供にもわかるようにと、今では新次が絵を添えていた。

　梅見の客がそろそろ増え始める頃、新次とおりんは居間で初夏に出すお手入れ指南の草案を練っていた。昨夜《ゆうべ》は名残りの雪でしんしんと冷えたが、今朝は思い直したように晴れ上がっている。

「お邪魔いたしますよ」

　訪《おとな》いの声が聞こえたのでおりんが玄関に出ると、雛のように美しい娘を供につれた老人が立っていた。小柄で痩せぎすだが、一目で上物とわかる綿入れの茶羽織と着物をつけている。

「朝から申し訳ございませんな」

「お足元の悪いところを、ようこそお越しくださいました。どのような花をお探しですか」

「いえ、今日はちと、なずな屋さんにご相談申し上げたいことがございましてな」

「さようですか。では、どうぞこちらへお上がりくださいまし」

供の娘に手を引かれて歩く老人を客間へと迎え入れ、おりんは手焙《てあぶ》りを運び込んだ。宇治の支度をしに台所に立つと、身繕《みづくろ》いを直した新次が入れ替わりに客間に入り、両手をついて挨拶をする。

「なずな屋の新次と申しやす。お寒いなかを有難う存じます」

「日本橋駿河町《にほんばしするがちょう》の太物《ふともの》問屋、上総屋《かずさや》の隠居で六兵衛《ろくべえ》と申します」

義太夫《ぎだゆう》でもやっているのだろうか、よく通る渋い声で背筋もぴんと伸びている。若造に見える新次にも慇懃《いんぎん》に接する物腰に、おりんは大店の主だったらしい折目正しさを感じた。

「さっそく用件に入りましょう、年寄りは先が短うございますからな」

茶目っ気を見せた六兵衛は、懐《ふところ》から取り出したものを新次の前に差し出した。見れば、今月出したばかりのお手入れ指南だ。

「ここに、桜草がお目見えと書いてございますなあ」

指南の片隅に三月に売り出す花の広目《ひろめ》を書き入れておいたのが、六兵衛の目に留まったらしい。

「これは、なずな屋さんがお作りになった新しい桜草ということですかな」

「さようです。手塩小桜と岩桜という原種を掛け合わせたもので、江戸でも露地植えにできる強さを持っております」

「じつはその桜草を小鉢に仕立てたものを、快気祝いの引出物にしたいと思いつきましてな。見本を見せていただくことは叶いましょうか」

むろん、商談に見本は付き物のこと、早咲きさせたものを四鉢だけ用意してあったらしく、新次は手伝いの小僧を呼んで室《むろ》から持って来させ、六兵衛の前に並べた。

「拝見」

六兵衛は浅く辞儀をして懐から帛紗《ふくさ》を取り出し、膝前に広げた。肘を膝につけ、ゆったりと鉢を手に取る。亡くなった母が茶の湯をしたので、それが作法にかなった所作であることがおりんにはわかった。しかし茶碗の銘物ならいざ知らず、花をこのように扱う人は初めてだ。

この桜草は新次がなずな屋を始める五年も前から取り組んでいた新種で、すっきりと伸びた茎の先には何本もの柄《え》が放射状に広がり、その先に可憐な花が一つずつついている。撫子《なでしこ》のように細かく切り込みが入った花びらは深みのある緋色で、土から勢い良く立ち上がる照り葉も清々しい品種に仕上がっていた。

六兵衛は鉢を戻したあとも、黙して眉ひとつ動かさない。新次は自分から「お気に召しませんか」と尋ねる不作法を避け、身じろぎもせず坐している。おりんは、台所の板間でそっと控えていた。屋根に積もった雪が陽射しを受けて落ちたのか、裏庭の南天がばさりと揺れた。

「感服いたしました。じつに結構な桜草です」

ほうっと息をついたのが、夫婦ふたり同時だった。

「よくぞ、これほどの花をお作りになられたものですな」

新次は「身に余るお言葉です」と言い、頭を下げた。

「近頃、新種といって売り出されるものの大抵は色や形が珍らかで、なるほど人の目を驚かせはしますが、この匙《さじ》加減が難しい。手を入れすぎて本来の風情まで殺《そ》いでおるのではないかと、私は素人ながら腑に落ちぬものを感じておったのです」

新次はゆっくりと頷《うなず》いて返した。

「技巧に溺れると卑しくなるのは、俳諧でも同じことでしてな。しかしこの桜草は持ち前の野趣が生かされて、風雅極まりない。なずな屋さんは大した腕をお持ちです」

思いも寄らぬ讃辞を受け、新次は深く辞儀をしたまましばらく頭を上げなかった。おりんは、胸が熱くなった。

珍しい物に目の無い江戸っ子は花苗の新種も大好きで、先を競うように買い求める。高値でもよく捌《さば》けることから、次から次へと新しいもの、目先の変わったものが売り出されていた。中には、花弁を極端に大きく華やかにしたために蕊《しべ》を失った花もある。

新次は、それを花師の腕自慢が過ぎると厭《いと》うていた。六兵衛が指摘した通り、自然天然と人の技の呼応し合うぎりぎりの美しさで止めなければ、今に江戸中が奇態な花で埋め尽くされてしまうと案じてもいたのだ。交配を重ねて生み出された花は性質が弱くなるきらいがあり、病害虫に弱く、その時限りの徒花《あだばな》も多かった。

「私は昨秋にひいた風邪がもとで寝込んでしまいましてな。このままあの世行きかと観念もしておったのですが、年が明けて屠蘇を祝《いお》うた途端、床上げができました。それもこれも、見舞いに訪れては励ましてくれた俳諧仲間のお蔭と思うております」

そこで仲間内だけを招いて快気祝いの宴を催すことに決め、懇意にしている料理屋の女将《おかみ》と打ち合わせているときに、面白いものがあるとお手入れ指南を見せられたのだという。引出物に頭を悩ませていたところだったので、

「思わず、これだと膝を打ちました。が、よくよく考えますと、晩春に桜草ではちと時季が遅いような気がしてきました。近頃の俳諧では、少し先の季節を詠むのがもっぱらでしてな。しかし、他の物はもう思いつかない。そんなに迷うならいっそ実物を見せていただいたらと、これにすすめられまして」

六兵衛は、後ろに控えていた娘をほんの少しだけ振り向いて言った。

「そこで、矢も盾も堪《たま》らず出掛けてまいった次第です。しかしこの桜草なら安心だ。風流にかけては口さがない連中に、これで一泡ふかせてやれます」

にっと笑う六兵衛の頰には艶があり、とても病み上がりには見えない。しかしもっと驚かされたのは、提示された費用《かかり》である。桜草を三十鉢、鉢の代金も含めて総額三十両までは掛けようという。

「それは頂戴し過ぎというものです」

大名家相手の種苗屋なら一鉢で百両を超えるものも当たり前に取り引きされているそうだが、鉢もので百文からせいぜい五百文、苗だけなら二十文が主な商いのなずな屋にとって、それは値が高過ぎた。三十両は、大工が一年かかって稼ぐ手間賃を超え

ている。固辞する新次に、六兵衛は説くように言った。

「確かに今流の鉢植えは高価に過ぎると、私も思っております。奢侈《しゃし》を戒めるお達しも花までは及ぶまいと侮《あなど》ってのことでしょうが、値の高さに走っては道をはずします。創意工夫で粋を見せてこそ、道を楽しむというもの」

「であれば、なおのことです」

「しかしこの桜草には、なずな屋さんの技と手間暇がかかっておるのです。私は商人でしたが、優れた職人仕事を敬《うやま》います。手を抜かない仕事をした煙管や根付《ねつけ》を見ると惚れ惚れする。花も同じことじゃありませんかな。三十両でも、あたじけないくらいだ」

「もったいないお心遣い、恐れ入りやす」

「では、決まった。鉢の見立てもなずな屋さんにお任せしますでな。むろん、上物に限るとは申しません。安くて良い物が見繕えれば、私も掛かりが減って助かります。今日はとりあえず手付として十五両をお渡ししますが、それでよろしいかな」

手付があれば普段つきあいのない鉢屋にも注文を出しやすくなるし、小商いのなずな屋がこれ以上遠慮を見せるのも礼を失するだろう。商人らしい率直な采配と相手を重んじる気配りを新次も有り難く受け止めたのか、手付金の包みを頂戴した。

品納めは三月十五日に開かれる宴の前日と決まり、この桜草にはどのような鉢が合うかでしばらく座が弾んだのち、六兵衛は上機嫌で腰を上げた。

これから隅田川の上流にある真崎稲荷《まさきいなり》の初午《はつうま》に詣でるという二人を、おりんは川辺まで見送りに出た。供の娘に手を引かれながら歩く六兵衛は、親しげな声であれこれとおりんに話しかけてくる。

「それはそうと、あのお手入れ指南はどなたの思いつきなのですかな」

「及ばずながら、私の……」

「ほう、お内儀さんがねえ。さようでしたか。いや、長々とお邪魔いたしました」

六兵衛は相好《そうごう》を崩しながら何度も頷《うなず》き、岸に寄せて待っていたらしき屋根舟に乗り込んだ。人形のように黙っていた娘が舟からひらひらと手を振るさまが見え、その愛らしさにおりんも思わず手を振って応えた。

川沿いに植わった猫柳が風に揺れ、雪解けの光と絡み合っては散らしていく。

そういえばあの娘さんは、新さんの顔にびくともしなかった。綺麗《きれ》ぇな顔は鏡の中で見慣れているのだろうかと愚にもつかぬことを考えながら、おりんは足早に道を引き返した。

三

芽吹きの季節である。なずな屋の苗畠でも、冬にすっかり葉を落としていた木々が瑞々《みずみず》しい芽を吹き、私は欅《けやき》である、桂であると名乗りを上げ始めていた。

楠の大木も、深い常緑の合間に橙色《だいだいいろ》の若葉を含み始めている。苗畠は売り物を育てる植え溜まりだが、この楠は新次が植えたものではない。この土地の貸主が植えたものでもないだろう。新次は、まだ江戸が江戸ではなかった頃に、仏師が仏像の材を採るために植えたものではないだろうかと思っていた。暖かい肥沃地《ひよくち》を好む楠は、東国では自生しにくい樹木だ。

しかしこの楠は、楠のまま生きてきた。夏には葉影を作って足元の草花を守り、鳥に棲家を与え、秋には実をつけて獣たちを養ってきた。きっと何百年も、独りで。その命の大きさを、新次はいつも仰ぎ見ていた。

今日は肥料やりをするつもりで、下作業から始める。草抜きである。雑草はまだまばらであるが、水が温《ぬる》むにつれて旺盛に伸び、ちょっと目を離すと大仕事になる。おりんや小僧に任せると秋に仕込んだ売り物まで抜いてしまいかねないので、新次は一人で手を動かしていた。額に汗が浮かぶ。ふと、植えた覚えのない形の葉を見つけた。葉先をちぎって口に入れると、清らかな苦みが広がった。

「観音草《かんのんそう》だ」

育種というのは、つまるところ土である。花や葉をいかに美しく壮健に仕立てられるかは、土の豊かさにかかっている。よく肥えた土はふかふかと柔らかく、水分や養分をたっぷり保ってくれる。が、痩せた土はすぐに硬くなって草木の根張りさえままならない。とくに鉢に土を入れて育てる場合、はじめの土が肝心だ。痩せ土に植えた苗は、あとでいかに手入れをしても生長が芳《かんば》しくなかった。

新次が花師の修業をした霧島屋《きりしまや》では、この土ごしらえと肥料ごしらえをとことん仕込まれた。色や手触りで土の良し悪しどころか産地までわかるようになったのも、若い頃の修業が効いている。

駒込染井《こまごめそめい》にある霧島屋は江戸城お出入りの植木商で、京、大坂、果ては肥前にまでその名を知られた当代随一の花師衆を抱えている。さまざまな土が至るところから集められていただけでなく、肥料の材料も極上のものが取り揃えられていた。草木灰《そうもくばい》に油糟や〆糟、俗に金肥《きんぴ》と呼ばれるほど高値な干し鰯《か》、馬糞に鶏糞などだ。花師たちはこれらを調合し、育てる草木に合わせて各々が自前の肥料を作った。とくに御府内は埋立地であることから土が痩せており、肥料が土ごしらえの出来不出来、つまり花の出来不出来を左右したからである。

新次はよく、草肥《くさごえ》を作った。抜いた草を捨ててしまわずに蕨《わらび》や蓬《よもぎ》、杉菜などを選り分け、木箱に入れて寝かせておく。そこに桑や槿《むくげ》の若葉、海藻や貝を砕いたものを加えるなどさまざまな調合を試し、その種類は百ほどにもなっていた。

良い肥料になる草かどうかは、食べて確かめるのがいちばんである。美味い草は、肥料になっても質が良い。とくに春先の若草は悪渋《しぶ》が少ないので江戸っ子の女房たちは好んでお浸《ひた》しや炒り煮を作るが、肥料にしても最上級のものになる。観音草も、新次が口にしてみて肥料になることを知った草だ。

そういえば、お嬢さんに「お前、それを食べてしまうのか」と呆れ声で聞かれたことがあった。霧島屋六代当主、伊藤伊兵衛政澄《いとういへえまさずみ》の一人娘、理世《りよ》である。世に「千両様」とも謳《うた》われる名家の娘でありながら筒袖の着物に裁衣袴《たつつけばかま》を腰高につけ、汗臭い職人たちに紛れて花師の修業を積んでいる変り種だった。

「食べちゃあ、いけやせんか」

理世とは修業仲間であったので、新次は気安く口をきいた。むろん、周りに人がいない時に限ってである。

「いけなくはないが、それは観音草であろう」

「そうですが」

「観音草の花を咲かせたら吉祥が訪れると言うぞ。勿体《もったい》無いではないか」

その言葉に、新次は思わず笑みを浮かべた。

「何が可笑しい」

「何って、世間じゅうの吉祥を集めて生まれなすったようなお嬢さんが、勿体無いなんぞおっしゃっちゃあ似合いやせん」

ほんの軽い気持ちで新次はそう言ったのだが、理世の顔が曇った。いや違う、笑ったのだったろうか。もう顔もうろ覚えである。あれから何年経ったのだろうと思いながら、新次は草肥にするつもりだった観音草を鉢に植えつけた。秋に白い花が咲いたらおりんに見せてやろうと思い、立ち上がって背筋を伸ばした。

一刻《いっとき》ほどかけて畠に肥料をやり、桶を片づけていると、小僧が母屋から呼びに来た。権鉢堂《ごんぱちどう》が来ているという。鉢の納めにはまだ日があるし、何用だろうと首を傾げながら小僧に後を頼んで畠を出た。

六兵衛の依頼を受けた数日後、新次は権鉢堂を打合せに呼んだ。新興だが、なかなか凝《こ》ったものを作るので評判の鉢屋だ。

なずな屋の構えと注文の数の少なさに最初は侮るような素振りを隠さなかった番頭も、趣向と掛かりを聞いて目の色を変え「そいつぁ今どき、結構なお話で」と身を乗り出した。新しい花姿を引き立てるにはいっそ艶消しの墨色で抑えるのが良かろうと思案もまとまり、さらに低い脚をつけることで焼きを注文した。今月、二月の末には予備も入れて三十五鉢が仕上がり、なずな屋に納められる約定になっている。

しかし縁側で待っていたのは番頭ではなく、新顔だ。生白い肌に髭の剃り痕《あと》だけが妙に青々と目立つ。無遠慮に家の中を覗き込んだり袂《たもと》に手を入れたりと落ち着きがなく、茶を運んできたおりんも新次にそれとなく含みを寄越した。

新次の姿を見てとった男は作り笑いを浮かべて立ち上がったが、その途端、露骨に顔をしかめた。今日の肥料は人肥を混ぜたので全身から大変な臭いを放っていたからだが、しかし植木屋や種苗屋にとっては季節につきものの臭いだ。誰も気にも留めていなかった。ところがこの男は懐から手巾を取り出すと、それを鼻に当てたまま権鉢堂の手代だと名乗った。

「特別のお誂《あつら》え注文でございますから手前どもが抱えます職人の中でもとびきりの腕にやらせたんでございますが、これが気難しい偏屈者で、何度焼いても思う色が出ないと粉々に叩き割ってしまうのでございます。もう手前の肝が焼ける始末でして」

挨拶《あいさつ》もそこそこにまくし立てる手代を見る新次の目が、みるみるきつくなった。

「それで？」

「と申しますと」

「他にも職人はいるだろうが。その手当てはつけているのかと聞いている」

「それがもう、他は手一杯でございまして、とてもこちら様のお仕事にかかれそうにないのでございます。前金で頂戴したものに上乗せしてお返しいたしますので、そこのところはひとつ、お汲み取りいただきまして」

要するに、この段になって仕事を下りるということだ。しかしこの男は言い訳ばかり滔々《とうとう》と並べたて、詫びを口にせぬままではないか。新次は腕を組んで手代を睨《ね》めつけていたが、益体《やくたい》も無いことを言い散らす手代にとうとう腹が煮え、言葉を遮《さえぎ》った。

「何で、この大事《でえじ》に番頭が来ねえ」

「へえ、じつは番頭さんは腰の持病が出まして動けないんでございます。なずな屋さんには誠に申し訳なく、商人にはあるまじきことをと横になったまま悔しがるのでございますが、そう申しましたそばから安《やす》の野郎には二度と仕事をさせるものかと息巻いて首だけ出したりすっ込めたりしてる按配でして、それがもう不忍池《しのばず》の亀そっくりなんでございますよ、いやはや」

手代はそこで、図々しくも胸を反らせた。

「だいたい、その職人は酒が過ぎるんで前からちょくちょく、しくじりがあったんでございます。次のお話の折りは、この私めが選りすぐりの者をご用意いたしますので。いえね、今ちょうど目をかけている職人がおりましてね。これが若いのになかなか器用な男でして」

「次は、無《ね》ぇ」

「へ」

「金輪際、二度とうちには出入りしないでもらいたいと言ってるんだ。そう番頭に伝えろ」

「やはりご勘弁いただけないんで」

「とっとと帰《け》ぇれ、この白瓜野郎、まごまごしてやがると刻んで漬物にしちまうぞ」

新次は怒鳴り上げ、首根っこを摑《つか》むようにして叩き出した。

「塩、撒《ま》いとけ」

おりんと手伝いの婆さんはもうとっくに塩壺を手にしており、転げるように走り去る手代の背中に投げつけていた。

夜が明けてから、新次は思い当たる鉢屋を片端から呼んだが、これと思う物を焼けそうな店は納期で折り合いがつかず、どんな条件も受けようとする店は品物の出来に不安があった。

ようやく話がついたのは夫婦がじりじりとした思いで過ごした数日の後で、入谷《いりや》にある瓢屋《ひさごや》だ。実直そうな主自身が陶工であるのを見込んで決めたが、もう日が無いので見本での確認はできない。しかもかなり割高につくが、ともかく鉢が来なければ始まらないのだ。

四

桃の節供《せつく》が過ぎ、上総屋六兵衛に桜草を納める日まであと十日と迫っていた。宴の日に合わせて蕾が膨らむように、そのうちの一つ二つは少し開いておくようにと、桜草の準備は万端だ。そして今日はいよいよ、瓢屋が鉢を納めに来る。

おりんは桜草にもお手入れ指南を付けようと思いつき、奉書紙《ほうしよがみ》を買い求めに日本橋に出掛けた。越前の良い紙が見つかったので気を良くして筆も新しくし、久々に屈託が晴れた思いでなずな屋に戻ると、新次の幼馴染みである留吉《とめきち》の女房、お袖《そで》が二人の子供をつれて上がり込んでいた。長火鉢の前に新次もいたが、不機嫌を隠そうともしていない。

お袖の髷《まげ》は崩れて目は吊り上がり、着物も帯もぐずぐずだ。また夫婦喧嘩を持ち込みに来たのだ。おりんは今年六つになった松吉《まつきち》と年子の竹吉《たけきち》に飴菓子を与え、小僧を呼んで庭で遊んでやってくれるように頼んだ。頃合いを見て新次も座をはずせるように図らおうとするのだが、お袖はどっかと坐り込んでその隙を与えない。

「もう今度という今度は堪忍ならねえ。わっちは留吉と縁を切らせてもらうから、新さんも承知しておくれ」

おりんは素早く着替えて居間に戻り、お袖の肩に手を置いて宥《なだ》めた。

「今、お茶を淹れるから、ちょっと落ち着きましょうよ」

「落ち着いてなんぞいられるもんかえ。留の奴、ちょいとお菜を腐らせちまっただけで、わっちに皿ごとぶちまけやがったんだ。おまけに言うに事欠いて、わっちを台無し女だと。へ、あんな形無し男に虚仮《こけ》にされるたあ、お袖さんも落ちたもんさ」

お袖はおりんが手を置いたあとの肩を手荒く払うような仕草をしながら、一段と大袈裟な声を上げた。

「新さんも知ってるだろう。お前ぇ《め》の手を水で荒れさせたりしねえ、今のまんまでいいから女房になってくれ、一生恩に着ると留の奴は言ったんだ。根負けして一緒になったら全部ちゃらにしやがって、二枚舌にも程があるわ」

亭主を口汚くののしり続けるお袖の横顔を見つめ、おりんはそっと溜め息をついた。それにしても、今日の新次はことさら無愛想だ。幼馴染みをこうも悪しざまに言われて恵比寿顔とは行くまいが、いつもはもっと親身に聞いてやっているのにと気が差した。

そういえば、瓢屋さんは鉢を納めに来てくれたのだろうか。約束は昼八つだったはずだが、そろそろ日が傾きかけている。どうしたんだろう、それらしい包みが見えない。待ちに待った大切な鉢を外に置くはずもなく、着替えに入った小間にもなかったから、そうだ、大事をとって客間に置いたんだと気を取り直し、さりげなく立って覗いてみた。

「あの馬鹿ときたら、まだ日が高いうちに帰ってくるのさ。仕事はどうしたと聞いたら、今日は気分が乗らねえだと。雨が降ると言っちゃあ休み、気分が乗らねえと言っちゃあ休みぃしてるから、うちはいっつも火の車で着物一枚こさえられやしねえ。……おりんさんは当たり籤《くじ》を引いたもんだよねぇ、新さんは甲斐性があってさぁ」

無い、どこにも包みが無い。小鉢といえど三十五も数を揃えれば一抱え以上になる。品納めが明日になったのだろうか。おりんはお袖のあてた座布団もひっぺがし、家中を探し回りたい思いを懸命にこらえて坐り直した。

「おきゃあがれっ」

いきなり頭の上で甲高い声が裏返り、おりんは飛び上がりそうになった。いつの間に来ていたのか、留吉がぐらぐらと身を揺らしながら立っている。お袖を追いかけてきたのだろう、着物の裾も胸元もはだけ、顔は引っ掻き傷だらけだ。

「ど、道具箱を担いで帰ってみりゃあ、それ、子供を湯屋につれて行けの、お菜を買って来いのと追い回しやがって。お前ぇにはずっと、したいようにさせてるじゃねえか。この上、何が不服で亭主に手を上げやがる」

「わっちに口を返すたあ、百年早いわ。舌をこさえ直してから、かかってきな」

白目をむいて口をぱくぱくさせた留吉は切れぬ啖呵の代わりに手を振り上げたが、蹴るように立ち上がったお袖にしっかと胸座《むなぐら》を摑まれてしまった。

おりんは新次から一度だけ、聞いたことがある。留吉と一緒になる前、お袖はちょっとした莫連《ばくれん》だったらしい。黒ずくめの着物に膝下まである男物の羽織を引っかけ、懐手をして練り歩く娘たちのことで、男のような口をきくだけでなく、諍《いさか》い事には木っ端切れを手に乱闘までやらかすので年寄りは世も末だと眉をひそめていた。

しかし若い者には妙な人気があり、留吉も岡惚れだったらしい。たしかにこうして荒れ狂っていないときは、目許に険はあってもそれが粋にも見える女振りなのだ。気性もさっぱりしていた。

それからはもうおりんが何と言って止めようと、殴る、蹴るの大立ち回りになってしまった。ほとんどは留吉がやられている。

「いい加減にしねえか」

新次がお袖の後ろに回って羽交い締めにし、留吉から引き離した。

「いいか、うちはこれでも客商売なんだ。これ以上のすったもんだは、深川に帰ぇってからにしてくんな」

額を押さえながら肩で息をしていた留吉は「新ちゃん、毎度すまねえ」と詫びたついでのように、しくしくやり出した。

「もう厭だ、嘘つきの甲斐性無しの泣き虫とはもうおさらばだ」

お袖は空を摑み、地団駄を踏みながら叫ぶ。

「おりんさん、さっさと去り状を書いちまっておくれ」

ふうと息をついて、おりんは坐り込んだ。

この夫婦の騒動は芝居がかっていて、去り状、つまり離縁状を書くの書かないのが出るとお開きに近づくのがいつもの成り行きだ。あともう少しで留吉が詫びを入れて終わるはずだ。これだから長屋の連中も慣れてしまって、仲裁に入ろうともしない。そこでわざわざ、向嶋までやって来る。

その時、新次はお袖の背を突き放すようにして離し、おりんに顎をしゃくった。目を怒らせ、形のいい唇《くちびる》をひき結んでいる。

「おりん、書いてやれ」

「お前さん、そんなこと」

「いいから、去り状を書いてやれ」

自棄《やけ》のように吐き捨てると新次は長火鉢の前に腰を下ろして腕を組み、目を瞑《つぶ》ってしまった。新次はこうなったらもう、梃子《てこ》でも考えを曲げない。

しかし留吉夫婦の去り状なんぞ、書けるわけがない。そう思って目を上げたとき、縁側に頭を並べて様子を窺う松吉と竹吉が見えた。二人とも息を詰め、眉を八の字にしている。可哀想に、さぞ不安だろうに。そう思うと、いっそさっさと書いてしまって夕餉《ゆうげ》を調《ととの》えてやった方がお袖たちの気も静まるかもしれないと、おりんは思い直した。

小間に入って文机の前に腰を下ろし、料紙を広げる。筆に墨をふくませると、去り状の文言が浮かんできた。深川にいた頃、おりんは漢字の苦手な連中に頼まれて、去り状も二度、三度は書いたことがあった。

世間でいう「二夫にまみえず」は、武家の、しかも跡継ぎの長男を儲《もう》けた妻にだけ架せられた足枷で、武家も町人も結婚、離婚は気儘《きまま》に繰り返している。とくに江戸の町人の場合、田舎《いなか》から出稼ぎに来ている男が非常に多いので、男の数は女の倍ほどもある。女に惚れられるような男でなければ結納金を積むか、もしくは留吉のように拝み倒して所帯を持つしかない。それでも生涯、やもめ暮らしの者は珍しくなかった。

おりんは筆を立て、あとは記憶のまま一気に書いた。

　　去状之事《さりじょうのこと》

一　我等《われら》勝手《かつて》ニ付《つき》、
　此《こ》度離縁致候《たびりえんいたしそうろう》、然上者《しかるうえは》
　向後《こうご》何方江《いずかたへ》縁付候共《えんづきそうらえども》、
　差構無之候《さしかまえこれなくそうろう》、仍而如件《よってくだんのごとし》

このたび、我々の都合で離縁することになったが、今後、妻がどこに縁づいても文句はさし挟まない。ただそれだけの文言で、「三下り半」と言われる通り、三行半で済む短い書式である。仮に女房の方に咎《とが》があって離縁する場合でも、同じ文言が使われた。

このあとに書状の差出人として留吉の名を記し、改行して寛政九年丁巳《ひのとみ》三月、最後の行に袖どのと宛名を書くのだが、まことの去り状ではないのだからと、おりんは筆を措《お》いた。

傍らに気配を感じて見上げると、口の端を歪《ゆが》めたお袖が懐手をして立っている。

「ふうん、大したもんだねえ」

しかし口調は刺々しく、文机の上を指さした。揺れた袂が、おりんの頬を打った。

「何て書いてあるんだい、ここ」

おりんは黙してお袖を見返す。

「読んでおくれよ、わっちが四角い字は駄目なの知ってるだろう」

「……我等勝手につき、こたび……離縁いたし……」

その途端、お袖が乾いた声で笑い出した。

「そりゃあいいや。たしかに勝手だあね、どいつもこいつも」

「お袖さん、もうここまでで堪忍して。もう一度、二人でちゃんと考えて」

諭《さと》すように言うおりんに、お袖が嚙《か》みついた。

「当たり前さ、誰が本気で去ると言った。おりんさん、あんたって人はよくもまあ、わっちらの去り状をさらさら書けたもんだ」

　おりんは自分の顔から血の気が引く音が、聞こえたような気がした。が、耳にしたのは煙管の雁首を灰吹きに力まかせに打ちつける音で、留吉が「ひゃっ」と声を挙げた。

「何てぇ言い草だ。お前ぇが書けというから俺が書かせたんだ。文句があるんなら手前ぇに言えっ」

　古いつきあいの新次にきつい口調を使われ、お袖の顔が歪む。

「へええ。新さんも変わったもんだ。手習いのお師匠さんを女房にしたら、物言いまで理詰めになっちまって。なんでみんな変わっちまうんだよ」

「もういい、見当違いも大概にしてくれ」

　しかしお袖は、捨て鉢のようになって喚《わめ》いた。

「わっちは最初《はな》っから気に喰わなかったんだ。なんで花師が手習いのお師匠さんなんかと一緒になるのさ。畑違いもいいとこじゃねえか。何でも呑みこんだような顔をしてるが、見てみねえ、こんな風に捌けないことをして人の気持ちのこれっぱかりもわかっちゃいねえ。おまけに新さんまで……。あんたさ、なんでお理世さんと一緒にならなかったのさ。わっちはてっきり」

「お、おい、お袖。新ちゃんとお嬢さんとは、どだい身分違いなん」

「留っ」

新次の鋭い声にも構わず、お袖は誰かにおもねるように喋り続ける。

「あの頃は、楽しかったあ。春は梅見に花見だろ、夏は川開きに天下祭さ。秋は月を見て、年の暮れは八幡様の歳《とし》の市さ。あんな人出でもさ、新さんとお理世さんが並んで歩いたら振り向かねぇ奴はいなかったね。天下の霧島屋のお嬢さんというのに袴をつけて化粧っけがなくて、でもあんなに綺麗ぇな人はいなかった。新さん、あんたも憶えてるだろう？　花師にはお心肥《しんこやし》も大事《でえじ》なんだって、二人で難しい書き物を読んでたじゃないか。わっちにはさっぱりわかんなかったけど、何をやっても四人でいれば楽しかった。なあ、お前さんも言ってたじゃねえか。あの頃は面白かったたって」

「もう勘弁してくれよぉ。なあ、頼む」

「お前ぇら、昔話なら家に帰ってからやってくれ。こっちは、今日明日の段取りがあるんだ」

「ふん、片意地な男になっちまって。帰れと言われなくても帰るさ。二度と来るもんか、こんな家」

お袖は文机の去り状を鷲摑みにすると、竜巻のような勢いで出て行った。外で待っていたらしい子供たちの、後を追う声が聞こえる。

「留、お前も帰ぇれ」

新次は留吉にも容赦がない。しかし留吉は茹《ゆ》で過ぎた青菜みたいにしおたれて、動かない。

「すまねえ、堪忍してくれ。本心じゃねぇんだよ、八つ当たりなんだ。おりんちゃんも、ほれ、この通り」

「ううん、私がいけない。やっぱりあんなもの書くんじゃなかった」

「おりん、お前ぇのせいじゃねえって言ってるだろうが」

新次の口振りに、留吉はいっそう小さく萎《しぼ》んでしまった。もう口をきく者はいない。お袖が一遍にぶちまけていったものを誰も片づけることができず、それぞれが持て余したまま坐っていた。

と、洟《はな》をすすりあげていた留吉の腹が、ぐううっと派手な音を立てた。

「め、面目ねえ……」

こういう子供みたいなところが憎めない。おりんはようやく息をつけたような気がして小さく笑みを振り向けると、留吉も泣き顔のまま弱々しく笑って寄越した。

「何だかお腹がすいたよね、留さん。すぐに用意するから食べて行って。お昼も食べてないんでしょ。ね、お前さん」

新次は何か言いたげだったが、手伝いの小僧もそろそろ帰りたいのだろう、気兼ね顔で恐る恐る居間に入ってきた。その隙におりんは台所に立って、酒と猪口《ちょこ》だけを先に出した。腹の足しになる肴を用意するつもりで台所に取って返す。しかし菜箸を持って初めて、手が震えていることに気づいた。右の掌《てのひら》を左手で強く押さえたが、箸を落としそうになる。油揚げを網で焼きたいのに、握り直した箸先がかたかたと合わない。ふいに泣きたくなって、おりんは水甕《みずがめ》の陰にうずくまった。

新次と留吉は火鉢の脇に箱膳を並べ、呑み始めている。

「あいつ、ここんとこ、どうかしちまってるんだ。ああやって、誰にでも因縁をつけやがる」

「お前ぇ、ちゃんと仕事、行ってんのかよ」

「あ、当たり前ぇよ。施主の都合で昼仕舞いになった日のことを何度も持ち出しやがって。しつっけえんだ」

留吉は愚痴まじりに、手酌でぐいぐいやり出した。

「おい、呑み過ぎんなよ。猪牙《ちょき》舟に乗れなくなるぞ」

「そんときゃ、歩いて帰ぇるさ」

「いいか、今夜に限って泊めねえからな。ちゃんと帰ってお袖と話し合え」

「わかってるって、新ちゃん。ほんとにこの通りだ。勘弁してくれ」

「もう言うな。俺も今日は気が立っていた」

「なあ、たまには深川に帰ってこいよ。このあいだな、久しぶりに喜《き》の字の野郎と呑んだんだ。新ちゃんにも随分と会いたがってたぜ」

ようやっとの思いでおりんは立ち上がり、油揚げを網にのせた。香ばしい匂いが立つと裏を返し、おろし生姜《しょうが》と刻み葱《ねぎ》を添えたところに下地をじゅっとかけ回す。熱々を運ぶと留吉が「旨《うま》い、旨い」と喰らいついた。

おりんは、石鰈《いしがれい》の切り身も甘辛く煮つけて食べさせようと思った。その間に卯の花も和《あ》えよう。他に何か材料はなかったかしら、何でもいい、ここにある物すべてを料理してしまいたい。何かしていないと、胸の内の重さに耐えかねて手を突っ込んでしまいそうだ。でもそんなことをしたら、もっと苦しいものを摑んでしまうに違いない。

「喜《き》一《いち》は元気なのか。今は何をしている」

「今度こそ観念して、家の袋物屋を継ぐんだそうだ」

「やっと年貢を納めたか」

「そういえば喜の字の奴、新ちゃんの店は何てぇ屋号だったっけなあって聞いてたぜ」

「あいつが花いじりってか、まさか」

「いや、そうじゃねえよ。待てよ、何か妙なことを言ってたぞ。そうそう、思い出した。何でも、喜一の店に出入りを始めた焼き物屋があるんだと。煙草《タバコ》入れの根付《ねつけ》を焼き物でやらせて欲しいとかで、まあ、そこの手代がしつっこく通って来るらしいんだ。それがよ、料理茶屋で一席設けるなんてあんまし誘うから出掛けてみたらとんでもねえ店で、客あしらいは拙《まず》いし料理も不味《まず》い、呼んだ女も婆ぁばっかで上手くなかったんだと」

「焼き物屋の手代？」

「あ、ごめん、つまんなかったな。喜の字の話は昔っから、つまんねえんだ」

「いや、そうじゃねぇ。続けてくんな」

新次の声がまたきつくなったので、留吉はおっかな吃驚《びっくり》だ。お菜を運びながら留吉の言葉が耳に入ったおりんは、何かにこつんと行き当たったような気がした。

「留さん、何で喜一さんがうちの店の名を気にしてくれていたの」

「そ、そいつは俺にもわからねえ。ただ、その手代というのが自慢たらしい野郎でよ。上物の植木鉢の注文が入って仕上がりを並べていたら、ちょうど霧島屋の七代目様とかが来ていてお目に留まったんだと」

新次の顔色が変わった。

「こんな名品に滅多に出会えるもんじゃない、そっちの言い値でいいから譲ってくれ、これから焼きの注文も出すからとか何とか機嫌を取ってくるんで、天下の霧島屋と取り引きをつけてやったんだと、まあ手柄顔に」

「あの白瓜野郎、勘弁ならねぇ」

「お前さんっ」

新次が土間に投げつけた猪口が粉微塵に割れるのと、おりんが叫んだのと同時だった。留吉はもう気の毒なほど、うろたえている。

「ど、どしたの、俺、何か変なこと言ったのか、新ちゃん」

「いいや、そうじゃねえ。……霧島屋だったのか」

「霧島屋って、そういえば新ちゃんが修業したとこだよなあ。七代目って、いってえ誰よ。あ、そうか、お理世さんが婿をとったんだな。そりゃあそうだよな、いくら腕があったって女の身じゃあ当主の座は継げねぇもんなあ。よくよく考えたら、千両様の娘ってのも窮屈なもんだな。うちのお袖の方がよっぽど好き放題してらあ。なあ、新ちゃん」

留吉は独り合点しているが、新次は黙り込んで相手にしない。留吉は詰まらなさそうに一人で呑んでいたが、やがて五本ほどの徳利を空にしただけで舟を漕ぎ始め、そのまま鼾《いびき》をかいて寝てしまった。

「世話ぁ、掛けちまったな」

新次はおりんにぼそりと声を掛けると、懐手をして小間に入ってしまった。

表の木々がざわざわと音を立てる。風が強くなってきたようだ。瓢屋は、きっと明日も鉢を納めに来ない。それ以上はもう何も考えたくなかった。ただ、火鉢にいくら炭を継いでも、冷えて冷えてしかたがなかった。


二人は、黙って朝飯を食べていた。留吉は明け六つには帰ったようだ。新次は箸を置くと、おりんに告げた。

「鉢なんだが、瓢屋も下りた」

おりんは黙って頷いた。

「ともかく引出物の体裁を整えねぇことには、ご隠居に申し訳が立たねえ。今から川向こうの今戸《いまど》町に行ってくる。もう焼きを注文することはできねえから、出来合いで探すしかねぇんだが」

「もったいないわね」

「銭なら洗いざらい注《つ》ぎ込むしかねえ。儲けは残らねぇだろうが、承知しておいてもらいたい」

「お銭《あし》のことじゃないわ、桜草がもったいない」

「そんなこたぁ、お前ぇに言われなくても身に沁みている。口に出さねぇでくれ」

口を出すなと言われて、おりんは頭に血が昇った。

「除け者にしないで」

「もう出なくちゃ間に合わねぇんだ、突っかかるな」

「そりゃあ素人だもの、花のことはわからない。でもね、もう少し教えてもらったら私だって」

霧島屋のお嬢さんみたいにできると言いかけて、呑み込んだ。できる道理がない。でも、胸の中に押し込まれた昨夜の言葉が礫《つぶて》のようになって消えてくれないのだ。

新次とお嬢さんが共に花を育て、書を開き、語り合っている。顔も知れぬその人と新次の様子が、振り払っても振り払っても浮かんでくる。花師としての腕に優れ、考えをきちんと言葉にでき、新次もそれに耳を傾ける。時には、丁々発止と遣り合う。

それは、どれほど刺激的であることだろう。

自分に向けられた言葉より、その美しい夢想が数倍もおりんを苦しくしていた。精一杯、新次を助《す》けていたつもりが何のことはない、私は取るに足りない女だったのではないか。この身の置きどころの無さを、どうすれば良いのだろう。

しかし新次はついと立って小間に入り、出掛ける支度を始めた。避けられた、そう感じた途端、おりんは思いも寄らぬことを口走っていた。

「ねえ、新さん、教えてよ。なぜお嬢さんと一緒にならなかったの。なぜここで、こんな目に遭っているの」

新次は黙ったまま角帯をきりりと締め、裾《すそ》を端折《はしよ》った。堅く引き締まった肩や背に力が入っていくのがわかる。煙管と煙草入れを取りに居間に戻って来て、おりんの前で片膝をついた。

「鉢屋に二度もしてやられたのは、俺が甘かったせいだ。権鉢堂の一件のあと、ちゃんと調べを入れておけばここまで見っともねぇことにはならなかった。だから今日は自分で動く。これと思う物を探して、この手で持って帰ってくる」

「私が聞きたいのは、鉢のことじゃあないわ」

「霧島屋の誰かが糸を引いているのは、恐らく間違いねえ。しかし、お嬢さんがなずな屋のすることに横槍を入れる訳はねぇんだ」

「なぜ」

「俺なんぞ、相手にしてねぇからだ」

新次は一瞬目を伏せ、しかし思い切りをつけるように言った。

「お嬢さんは、花師になるために生まれてきたような人だ。どんな種も苗も、思い通りにならねぇものはなかった。どれも手妻《てづま》みたいに葉を繁らせ、枝を伸ばし、嬉しげに花を咲かせたんだ。あの腕には、霧島屋の先代の大旦那でさえ一目置いていた。俺なんぞ、とても太刀打ちできる相手じゃねえんだよ」

新次は自嘲めいた笑いを零《こぼ》すと、頭を横に振った。

「だがな、新種を作る技を学んでからお嬢さんはおかしくなっちまった。とり憑《つ》かれたみたいに、際限もなく変種や奇種を作ろうとするんだ。天に向かって腕を試しているみたいで、俺は違うと思った。しかし幾度話しても、お嬢さんは聞く耳を持たなかった。それで俺は、霧島屋を出たんだ。己の考えが是か非か、それは己の腕で証すしかねえ。……そういうことだ」

「そして、一人で始めたのね」

「二人だ。お前ぇと所帯を持って、二人でここを開いた」

「でも、お嬢さんのことを思いながら花を育てていたんだわ」

「何を言ってる。色恋がどうのってぇ仲じゃなかったんだ。どいつもこいつも、人の気持ちを勝手に決めつけやがって。いったい何をどうしたら、そんな風に何でも見えるようになる」

新次は立ち上がって裏口に通じる三和土《たたき》に下り、雪駄を履《は》いた。おりんは頭の片隅で、今朝の自分は口を開けば開くほど愚かなことを言い募ってしまうことがわかっていた。しかしもう、引っ込みがつかない。

「何でも見えたら苦労しやしないわ。新さんが何で私と一緒になったのか、それさえわからないんだもの。お袖さんの言う通りだわ、手習いを教えていた女なんて役立たずもいいとこよ」

新次は振り返り、おりんを真直ぐ見た。

「お前ぇ」

「畑違いだったのよ、私は」

おりんは顔を背けると、いきなり立ち上がって縁側から庭へと飛び出した。

新次は裏口から苗畠の脇を抜けて、庭に出た。外の通りに向かって植木棚の合間を小走りで行く後ろ姿を追う。一気に庭を抜け、おりんが枝折戸に手をかけて身を外へ出した拍子に追いついて、肩を摑んだ。

しかし振り向いた女房の目が新次の胸に来て、思わず手を緩めて引いた。おりんがこんなに頼りなげな目をするのを、初めて見た。

と、その時、手伝いの婆さんがやって来て、怪訝《けげん》な顔で二人を見上げている。おりんは婆さんに「あとをお願いします」と小声で告げると、そのまま足早に通りへ出てしまった。

新次も出ようとして枝折戸を膝で押したが、動かない。婆さんが反対から身体ごと押している。おりんを目で追いながら忙しない婆さんを先に中に入れてやり、留守を頼んでようやく通りへ出た時は、もうどこにも姿がなかった。

新次は小さく息をつくと、舟の渡し場に向かって走り出した。

隅田川の対岸にある今戸町の登り窯《がま》から出ている幾筋もの煙は、向嶋からでも見て取れた。昨夜、眠れぬままに考えついたのは、その今戸で鉢を買い集めることだった。今戸焼は土鍋や手焙りの火鉢を焼いているところで植木の鉢は土臭いものしか作っていないはずだったが、今日、三十五もの鉢を揃えるには窯元に直に足を運んでみるしかない。この数日中に桜草を植えつけなければ、根が土に馴染まない恐れもあった。

ご隠居の期待に応えられなかったことはどんな詫び方もしよう、預かった手付も権鉢堂や瓢屋が届けて来た上積み金も綺麗さっぱり差し出して、そこから先はどんな叱責も受けよう。霧島屋の誰の差し金か、魂胆は何なのか、もう考えない。この顚末《てんまつ》のすべてが、今の己の器量なのだと肚《はら》をくっていた。だからこそ、最後の最後まで投げたくなかった。

舟が来ると、新次は飛ぶように乗り込んだ。

五

おりんは、隅田川沿いの桜堤《さくらづつみ》をぼんやりと歩いていた。

堤に植えられた桜は昨夜の風で花をほとんど散らせてしまっていたが、柔らかな葉が瑞々しい緑を広げている。

土堤から川に向けて広がる草原《くさはら》では、手籠を持った娘たちが蓬や芹《せり》を摘んでいる。

花見の賑わいも楽しいが、おりんはこの若菜摘みの風景が好きで、店を開く前は下見に来るたびに新次と歩いたものだった。しかし今日は、人も草原もひどくよそよそしく見える。どこにも居場所がないような気がして、おりんはただ歩き続けていた。

「おりんちゃん」

誰かに呼ばれたような気がした。辺りを見回したが、誰もいない。空耳かと思って歩き始めると、また聞こえた。

振り返ると、桜の木の下に留吉が立っていた。何かを引っ張るようにしていて、一向にこちらへ来ない。おりんが近づこうとすると、どんと留吉に背中を押されるようにしてお袖が飛び出した。

「痛《いて》ぇな、わかってるから、あっち行ってなよ」

「じゃあな、松たちとこの辺りにいるからな。ちゃんとすんだぞ。おりんちゃん、すまねえな。こいつにな、ほれ、何させてやってくれ」

留吉は小さく拝み手をしながら、子供たちの手を引いてそそくさと離れてしまった。お袖は懐手をしたまま、そっぽを向いている。その横顔が下の子供の竹吉にそっくりであることに、おりんは気がついた。「違った、竹坊がおっ母さんに似てるんだわ」おりんはそう呟くと、「歩きましょうか」と独り言のように小さく告げ、くるりと背を向けた。

そのまま、ただただ歩き続け、土堤の行き止まりまで来てしまった。堤から草原に向かって下り、中腹で腰を下ろす。背の後ろから大きな溜息が聞こえ、お袖が少し間を置いて坐ったのを目の端で感じた。

互いにつくねんとして、光る草の波を見る。先に口を開いたのは、お袖だった。

「あんたさあ、一度も振り返らなかったね」

「そうね」

「何で」

「何でって、歩きたかったの。だから歩いたの」

「ふうん。歩くと、何かいいことがあるのかえ」

「どうかしら」

「あんた、……ずいぶん怒ってるよね。まあ、無理もないか、あんなひどいことを言っちまったんだから」

「そうよ、ずいぶんだったわ。最初《はな》っから私のこと嫌いだったなんて、ちっとも知らなかった」

「嫌いだとは言ってねぇよ。うまく言えねえけど、ほれ、わっちは手習いのお師匠さんが苦手なんだよ。わかんだろ」

「もしや、手習いに恨みでもあるの」

「何言ってんだい、あんなもんが好きな子供なんていねえに決まってるじゃねぇか」

「私の手習い子たちは好きだったわよ。素読《そどく》も和算も」

「へえ、呆れた」

そこで途切れ、二人はまた黙りこくった。今度はおりんから話しかけた。

「お袖さんたち、ずっとあの木の下にいたの？」

「いや。なずな屋に行ったんだよ。そしたら二人ともいなくてさ。留守番の婆ちゃんに尋ねても埒《らち》が明かねえから、堤まで引き返してきたら」

「私がめっかった、てわけね」

「でも、あんた、何かあったのかい？　ずいぶん思い詰めた顔してたけど」

「大ありだわよ、昨日っから」

「あ、わっちのせいか」

からからと笑い飛ばすお袖に呆れながら、おりんもつられて頰が緩んだ。ざらついた物言いをしている自分がいかにも狭量で、気恥ずかしくなってくる。

「今朝なんてね、やりあっちゃったのよ、新さんと」

「わっちが昔を引き合いに出したせいだね」

「ううん、そうじゃない。悋気《りんき》じゃないの。でも、じゃあ何だろうと思うと……何だかね、よくわからないのよ」

しばらく唇を嚙むようにして黙っていたお袖は、ふと帯の間に指を入れて細く折り畳んだ紙片を取り出した。

「お袖さん、それはお詫びします。開いて見せたのは、おりんが書いた去り状だ。申し開きのしようもないことだけど」

「違うよ。これさ、捨てらんないんだよ」

お袖の声が、少し掠《かす》れた。

「これをこうして身につけていたら、今度あいつに会っても大丈夫なような気がしてきてさ」

「あいつ?」

「ん。昔の妹分さ、莫連のときの。わっちが退《ひ》いてから頭になっていてね、暮れに偶然出くわしたんだよ。ぞろぞろと取り巻きを引きつれてさ、長煙管にこう、紅紐《べにひも》を垂らしてね」

お袖は立ち上がって右手を懐に入れ、左手に煙管を持つ仕草をして見せた。肘を持ち上げると肩先が綺麗に動いて、すいっと風を切った。

「だから、すぐにわかったよ。まるで昔の自分を見るみたいだったからね。でも向こうは、物の見事にわっちをわからなかったよ」

お袖の顔がみるみる紅潮した。

「よせばいいものを、挨拶もせずに行きやがるのに向かっ腹が立ってさ、そいつの名を大声で呼んだんだ。そしたら横着に顔だけ見返ってさ、爪先から頭の先までじろじろ睨《ね》め回した挙句、含み笑いしながら言ったんだ。おや、姐さん、お変わりねえようで何よりでございやすってね」

お袖は辺りの草を手荒に引き抜いて、おりんの横に坐り直した。

「おめでたいことに、妹分に見くびられてようやっと気づいたってわけさ。手前ぇがすっかり変わっちまってるってことにね。黒縮緬《ちりめん》の着物も長羽織も着てねえ、髪は脂気が抜けちまって、口には紅も差してねえ。おまけにそのとき、大根を三本も抱えていたのさ、昔は自慢の長煙管を持ったその手にね。……あれから、わっちは何もかも詰まんなくなった」

また、草の波が光る。

「でもさ、ゆうべっからこのご大層なもん見てるとさ、今のわっちもそう悪いもんでもねえように思えてきてさ。意気地無しの亭主と洟垂れ坊主らとの長屋暮らし、それっぽっちのことなのに、おじゃんにするにはこの去り状が要る。根無し草みたいに遊んでた昔とは、違っていて当たり前じゃねえかってね」

おりんが深く頷くと、お袖が頭を下げた。

「あんたに詫びに来て、世迷言《よまいごと》を聞かせちまった。堪忍だよ、昨日のことも。そう易々と、水に流してもらえるとは思わねえけど」

「そうね、あと三日はかかるわね」

「あんた、意外と根に持つんだな」

「なずな屋の女房だもの。根がなくちゃあ、花は咲きませんてば。それはそうと、そろそろ行かなくていいの？　留さんたち、待ってるんじゃないの？」

「ん。でも、あんたももう帰った方が良かないかい？　おおかた、飛び出して来ちまったんだろう？」

おりんはそれには答えず、「また皆で遊びに来てちょうだい、待ってるから」と返した。お袖は綺麗な歯を見せて頷き、去り状を畳んで帯の間にしまうと威勢良く堤を上がって行った。

不思議な心持ちだった。あんなに痛くて持て余した胸の内の礫が小さくなっている。新次にはいろんな言葉を投げつけたような気がするけれど、本当に言いたいことは何もなかったのかもしれない。言いたいのではなく、言ってもらいたかったのだ。お袖のように、明日も一緒に生きていこうと思える何かが欲しかったのだ。

そう思うとふいに喉が渇いたような気がして、おりんは屋台の出ている草原を目指してゆっくりと下りていった。

新次は、今戸町で切羽詰っていた。窯元を片端から訪ねるのだが、自分は種苗屋でこういう趣向のものを探していると告げた途端に首を振り、中には目を剝《む》いて追い返そうとする者もいた。あんたの気に入る物がここにあるはずがないだろうと言うのだ。これまでさんざん、植木屋や種苗屋に厭な扱いを受けて来たに違いない。

新次自身、今戸の鉢は一度も使ったことがない。淡い赤褐色の素焼き鉢は土臭さが目立ち、形も面白みのある物に出会ったことがなかったからだ。舟を降りたときは少しでも見栄えの良いものを探そうという欲があったが、手も足も出ないとあってはともかく数だけでも揃えて帰ろうと気持ちを切り替えた。しかし、それすらもうまく捗《はかど》らない。

待乳山《まっちやま》の木立の合間から見えていた聖天の社に、霞がかかってきた。六兵衛とおりんの顔が浮かんでは消える。新次は焦りを抑えつけるように奥歯を嚙みしめ、歩き続けた。

また、登り窯の前に出た。声を掛けてみようと窯の隣の家を窺うと、いきなり腰高障子が引かれ、大きな木桶を持った女が出てきた。新次は思わず後ろへ身を引いた。女は相撲《すもう》取りのように肥《ふと》っており、髪は頂きで小さくひっ詰め、着物ときたら腰巻一枚で唐茄子《とうなす》のような乳房を露わにしている。

しかし女は新次に一瞥《いちべつ》もくれず、窯の前に並んだ土の山に向かうとそこで仁王立ちをした。大柄杓《ひしゃく》で力まかせに土をすくい取り、木桶へ移し始める。餅のように揺れる白い背中にたちまち汗の粒が浮かび、動くたびに四方へ飛び散った。

土で一杯になったらしき桶を抱えて家の前に戻ってくると、腰高障子の向こうから切り株と篩《ふるい》を引っ張り出す。突き出した腹を押し込むようにして切り株に腰を下ろすと、今度は木桶の中の土を篩にかけ始めた。しかし手つきは繊細で、荒っぽさがまるで無い。

そうか、ここの土は砂混じりなのか。そう合点した新次は、手元を食い入るように見つめていた。女は鼻の頭にもびっしり汗を浮かべ、新次の方を見もせずに言った。

「ちょいと、あんた。見世物《みせもの》じゃないんだよ」

「あ、すいやせん。つい、見惚れてしまいやして」

「ほう。珍しい男もいるもんだ。何に見惚れたのかね」

「土です」

「この土かい？　砂っ混じりで、粘りも肌理《きめ》も足りないこの土かい？　こいつが、どれほど扱いづらいことか」

白けた声で言い放たれたことにも、新次は身を乗り出しそうになった。そうか、それで今戸は高温の固焼きができないのか。粘りが足りない土は、炎を強めると割れてしまうのだろう。女は篩をかけながら、話を続けた。

「こんな土で修業するから、今戸の陶工は放っておいても腕が良くなるのさ。中にはね、上方《かみがた》から肌理《きめ》の細かい白土を取り寄せて土焼き以外の物を作る職人もいるくらいでね。あんまし知られてないけどね」

「もしや、そのお方は植木鉢を作っておられるんで？」

「違うよ、人形だよ。招き猫とかさ。……ちょいとあんた、植木鉢が欲しいのかい？」

「そうです」

「素焼きの？」

「いえ、素焼きでねえ方がいいんで。いや、素焼きでも数が揃えば」

「何だい、はっきりしないねえ。もう帰っとくれ、邪魔だ、邪魔。暑苦しいったらありゃしない」

新次は意を決して女の前に坐り込み、額が膝につくほど頭を下げた。

「お願《ねげ》ぇしやす、お内儀さん。親方に取り次いでおくんなせえ。今日、何があっても植木鉢を三十五、揃えてぇんです」

しかし、うんともすんとも返答が返ってこない。新次は頭を下げ続けた。首筋にぽとんと冷たいものが落ちて顔を上げると、女が立ち上がっていた。大きな唐茄子が二つ、こんな風に揺れているのを見上げるのは初めてだ。

「あんた、誰？　どこぞの陶工かい」

「川向こうの向嶋で種苗屋を営んでおりやす、なずな屋新次と申しやす」

「なずな屋……。うちの親方は鼠《ねずみ》の次に植木屋や種苗屋が嫌いでねえ。どうしたもんかねえ」

「お願ぇしやす、この通りです」

「ずいぶん困っているようだから助けてやりたい気もするが。……あんたさあ、あたしの言うこと、何でもきけるかい？」

新次が頷くと女の赤い舌がちろりと見え、「あ」と思ったときにはもう遅かった。恐ろしいほどの力で腕を摑まれ、そのまま家の中に放り込まれていた。

暗い家の中を、新次は奥へ奥へと引っ張られた。腕を放されたのは小さな座敷で、障子越しの光が入っている。薄明るさにほっとしたのも束の間、枕屏風《びょうぶ》の向こうに柏巻きになった布団が見え、「えらいことになった」と怖気《おじけ》が来た。

どうやって逃げ出そうか、いや、逃げたら今度こそ万事休すだ。しかし……と、いちどきに考えをぐるぐる回していると、急に明るくなった。立て切った障子を女が開け放したらしい。目の前に、途方もなく荒れた庭が現れた。庭といっても犬槙《いぬまき》が一本きりで、萱《かや》や蔓《かずら》が生《お》うにまかせている。

「どうだい、種苗屋ならここを何とかできるかい」

頼まれなくても何とかしたくなる庭だ。しかも枕屏風の向こうに引っ張り込まれるような破目に遭うくらいなら、もうどんなことでも引き受けたい。新次は小躍りしそうになるのを堪えながら鎌を借り、下草を勢いよく刈り始めた。女は座敷に申し訳程度に付いている縁に尻を溢れさせながら腰掛け、煙管を遣っている。

新次はひたすら鎌を振るった。蔓を払い萱を刈り進んでいくと、庭の奥で小さな納屋に突き当たった。縁の方を振り返ると、女は消えていた。

草刈りが済むと、今度は犬槙の剪定《せんてい》だ。長い間枝をはさんでいなかったのか樹形は暴れ放題で、枝先の葉は水切れを起こして茶色くなっている。鋏《はさみ》がないのでこれも鎌を使った。ようやく形を整えると、女がいつのまにか戻ってきていた。

「見違えたね、ずいぶんさっぱりしたじゃないか。お蔭でこの夏は藪蚊に悩まされることもなさそうだ」

「花を植えられるんでしたら、また日を改めて寄せてもらいやすが。百日草でもお持ちしやしょうか」

「いや、いい。ここで鶏を飼うつもりだから。ところであんた、さっき、なずな屋とか言わなかったかい？」

「たしかに、なずな屋で」

「これ出してるの、あんたんとこかい？」

女が新次の前に突き出したのは、お手入れ指南だ。次は何だろうと新次が身構えると、女は弾けるように大声で笑い出した。

「安心しな、もう何もさせやしないよ。違うのさ、うちの坊主どもがここに描いてある絵が好きでねえ。あたしは花は嫌いだけど、これは知り合いや近所に頼んで集めてるのさ」

「そうでしたか。それは有難いこってす」

新次がお手入れ指南に絵をつけるようになったのは、深川の子供たちのことが胸に残っていたからだ。向嶋に発つ日の朝、手習い子たちが何人も何人も長屋から飛び出してきて、おりんに泣きながら取《と》り縋《すが》って離れなかった。降るような朝陽の中のその風景を、新次は胸の内に刻み込んでいた。

「お手入れ指南は明日にでも店の者に届けさせやす。これから新しいものを出した時も、お届けするようにしやしょうか」

「そうかい、そりゃあ、すまないね。坊主は五人なんだけどさ、五枚、頼んでもいいかい？　いつも取り合いになって往生するんだよ」

新次の二つ返事に上機嫌になった女は、庭の奥に見えている納屋を指さした。

「じゃあ、好きなだけ持って帰りな。あの中に積んであるから」

「植木鉢は、あすこに？」

「そうさ。ただし、同じ形や大きさが揃うかどうかは請け合わないよ。ずいぶん前に手慰《てなぐさ》みで焼いた代物だからね」

「じゃあ、親方に一言、ご挨拶をさせておくんなさい。窯の方におられるんで？」

「ここの主はあたしさ。あたしが親方だよ」

隅田川は春霞でけぶり始めていたが、草原にはまだ田楽《でんがく》や蕨餅《わらびもち》の屋台がいくつも出ていた。おりんはぽつんと離れて客のいない一台を選んで、縁台に腰を下ろした。

屋台の親爺《おやじ》はおりんの姿を見て取ると、注文も聞かずに黙って茶碗を運んで来た。おりんも値を聞かずに袂から十文を取り出し、そっと脇に置いて茶碗を手にする。すうっと芯の強い草の香りが立った。よく冷えていて、旨い。

「おじさん、これ、おいしい」

「薄荷《はっか》を入れた麦湯でさ、気が晴れやす」

小さく礼を言うおりんに親爺は構うことなく、せっせと何かを煮ている。鍋の中を笊《ざる》に打ち上げ、晒《さら》し木綿《もめん》の袋で漉《こ》している。湯気に天草《てんぐさ》の匂いが混じっていることに、おりんはようやく気づいた。

「もう、心太《ところてん》ですか」

「へい。江戸っ子は初物好きでやすからね。こんな屋台売りでも、ちったあ、旬の先を走ってみようと粋がってみやした」

喋りながらも、親爺は木箱に手際よく流し込んでいる。冷めて固まれば豆腐のように切り分けて短冊状に切るか、型に入れて棒で押し出せば心太になる。親爺は縁台に、そろそろと摺《す》り足で木箱を運んで来た。

「ちょいと、ここで冷やさせておくんなさい。屋台の中じゃあ場が足りねえんで、平らに固まらねぇんでさ」

「どうぞ、どうぞ」

おりんは腰をずらし、木箱の中を見つめていた。天草が煮溶けてとろりと白く濁っていたのが、冷めて固まるうちにどんどん透き通ってくる。そういえば新次は心太は辛子《からし》に限ると言い、黒蜜をかけるのが好きなおりんをよく不思議がっていた。

その時、強い川風が吹きつけた。遠くで女たちの声が聞こえる。おりんはとっさに木箱を押さえ、体で覆うように風を防いだ。しばらくしてようやく風が収まると、親爺が走り寄って来た。屋台が少し傾《かし》いでしまったようだ。

「お内儀さん、でえじょうぶですかい」

「ええ、でも、せっかくの心太が」

防いだつもりだったが、木箱の中に葉が何枚も入ってしまっていた。

「堤の桜の葉が吹き寄せられたんでやしょう。長命寺の桜餅はいいが、桜寒天たあ、聞いたこたぁねえや」

ぼやく親爺と一緒に葉を取り除くうち、ふと手が止まった。

「おじさん、ちょっと待って。お願い」

おりんは、木箱と葉との取り合わせから目が離せなくなっていた。もしかしたら、焼き物の鉢でなくてもいいのかもしれない。こんな木箱、そうよ、広口の浅い木箱に桜草を並べて植えたら、野に咲いているような景色になるんじゃないかしら。

そういえば、新次が種蒔《たねま》きをするのは土を入れた木箱だ。芽が出てから間引きをして、苗畠に植え替えている。しかしそういう木箱は見栄えのよい物ではなかったから、引出物とは結びつかなかったのだ。あれこれ考えていると、親爺が心配そうに覗き込んでいた。

「寒天がそんなにお気に召したんなら、干し天草を持って帰られやすかい？　嬶《かかあ》の里が房州の漁師でね、江戸中の人間が食えるほど貰ってくるんでさあ。余れば煮て、植木の肥やしにでもすればいいって言うんでやすがね」

「天草も肥料になるんですか」

「おおかた、嬶の半可通《はんかつう》でしょうがね。まあ、干し鰯は銭になる売り物でやすから、浜の者にはいくらでも獲れる海藻を使うのが手っ取り早いのかもしれやせんねぇ」

おりんは、思わず立ち上がっていた。

六

なずな屋の枝折戸を押し開くと、縁側の前で動く広い背中が見えた。新次が足元から何かを取り出しては、板の間に並べている。鉢だ。鉢の手配が首尾よく行ったに違いない。

　そう思うと、おりんは駆け出していた。何事かと首を伸ばす客も裾の乱れもお構いなしに、縁側へ向かって庭の中を駆け抜けた。

　振り返った新次は、目が合うといつもの苦笑いを見せた。おりんが両手に抱えていた天草の束を引き取りながら、呆れ声で言う。

「豪勢じゃねえか、心太屋でも始めるつもりか」

　しかしおりんは息が弾んでしまって、うまく言葉にならないまま頭を振った。

「俺は甘い蜜はご免こうむるぜ、ぴりっと辛子で頼まあ」

「お前さん」

「うん」

「鉢が揃ったのね」

「ああ。ようやくだ」

　おりんは胸に手をあてて息をつき、縁側に腰を下ろした。新次は最後の鉢を包みから出し終えると、縁側に上がって胡坐《あぐら》を組んだ。煙草盆を引き寄せ、煙管に刻みを詰めて火をつける。

「大変だったでしょう、手配をつけるのに」

「いや、そうでもねぇさ」

旨そうに一服つけた新次は煙管を置き、鉢を両手で持ち上げた。小さな猫脚の素焼き鉢だ。

おりんは一緒に鉢を眺めていると自分の思いつきがとんでもなく馬鹿馬鹿しいものに思えてきて、紙でも折り畳むように収めてしまった。鉢が揃った安堵《あんど》で、胸の中は満たされている。天草の束を台所の裏口から勢いよく運び込むと、今年の夏は嫌がられるほど心太を作ることになりそうだと思い、肩をすくめた。

竈《かまど》に火を熾《おこ》して夕飯の下拵《したごしら》えをしてから熱い焙《ほう》じ茶を淹れ、縁側に戻った。しかし新次は、鉢を持ったまま思案顔だ。おりんが傍に坐ると、低く唸った。

「違うな。覚悟はしていたが、やはり互いの趣《おもむき》が違い過ぎる。下手をすると、鉢と桜草が喧嘩しちまう。このままじゃ無理だ、いっそ足元を白砂で埋めてみるか……」

新次の掌中にある鉢を見ているうちに、おりんはしまい込んだはずの考えを取り戻した。去り状を開いて見せたお袖の顔が浮かぶ。やはり話してみよう。笑われるかもしれないけれど、でも胸の内にあるだけじゃあ詰まらない。

「新さん、あたし、聞いてもらいたい考えがある」

「なんだ、去り状ならお断りだぜ」

おりんは笑いながら眉をひそめて見せ、そして真顔になった。

「桜草は、土に植わってなければ駄目？」

「どういう意味だ？」

「土の代わりに寒天を使えないかしら」

「寒天……」

「そう。透き通った寒天に桜草が植わっていたら、とても綺麗なような気がして」

新次は目を瞠《みは》り、二の句が継げないでいる。おりんは、口に出してみて何かが引っ掛かることに気づいた。手順を思い浮かべながら、ゆっくり確かめていく。

「天草が切れ切れになるまで煮て、濾《こ》すでしょう。その濾し汁を鉢に入れて冷めるまで待っていたら、固まっている。そしたら桜草を植えられない。かと言って熱いままだと、根が煮えてしまうわ。……ああ、やっぱり駄目」

「いや、待て。固まってしまう寸前だ、その頃合いを見計らって植えつけてみよう。あらかた熱が取れていれば、根を傷めなくて済むかもしれねえ」

「本当？　本当に植えられそう？」

「おりん、妙案かもしれねぇぜ。天草ってのはいい肥料になるんだ。水気と養分はたっぷり抱えている。土がなくても、しばらくはそのまま飾って楽しめるに違ぇねえ」

「私、お湯を沸かしてくる。植えつける頃合いを試してみましょう」

「……お前ぇ、もしかしてその思いつきのために天草を買い込んで来てくれたのか」

屋台での顚末をおりんが話すと、新次は手にしていた鉢を膝の脇に置いた。

「そうか、木箱だ、鉢じゃねえ。木箱にしよう。その方が熱もこもらねえ」

「驚いた。新さんもそう思う？　木箱がいいと」

「何だ、お前ぇも同じ考えか。なぜ最初《はな》っから言わなかった」

「だって鉢はこうして揃ったんだもの。気を揉んで苦労して、お前さんがようやっと手に入れた鉢じゃないの。それを使わないなんて道理はないわ」

ところが新次は、笑いながら頭を振った。

「職人が己の苦労にこだわったら、品物の出来が見えなくなるじゃねぇか。そんなとで、ご隠居の引出物を台無しにしたくねえ。なに、鉢を打っちゃっておくようなことはしねえ、また何かでこれは生かすさ。だが、寒天に植わった桜草には木箱だ。それが対《つい》の句のように釣り合っている」

小さな緋色の花びらと照り葉の緑が、足元の寒天とよく合う。根が少し透けて見えるのが涼しげで、春野に心を置きながら次の季節をも思わせるだろう。木箱は白木のままじゃ味気ない、いっそ黒漆《うるし》を刷《は》いてみようか。新次はようやく得心できる物を納められるような気がする、と言った。

しかし、おりんにはまだためらいがあった。今から木箱を誂えるとなると、さらに時を費やさねばならない。職人にまた仕事を下りられでもしたら、今度こそおしまいだ。だが新次は落ち着き払っていて、ぬるくなっているはずの焙じ茶を旨そうに飲んでいる。案じているよりともかく天草を煮てみようとおりんは気を取り直し、腰を上げかけた。

子供たちの声が聞こえた。松吉と竹吉だ。酒徳利を片手に鼻先を赤くした留吉とお袖も、その後ろから歩いて来る。

「あいつら、いい気なもんだぜ。さんざっぱら厄介かけて、日暮れ前から呑んで来やがった」

「でも……今日のお袖さんは、とっても綺麗ぇだわ」

「おりん、今度は俺たちが厄介を持ち込む番だ」

「え」

「留に頼もう」

「お前さん？」

「あいつの死んだ親父さんはな、そりゃあ腕のいい指物《さしもの》職人だったんだ。留はもっとでっけぇものを作りてぇって大工になっちまったが、餓鬼ん頃から遊びがてらに見事な小抽斗《こひきだし》なんぞを作っていた。留吉なら、水も洩らさねぇ木箱を釘一本使わねぇで組んでみせるはずだ」

おりんは胸の前で手を合わせた。駆け寄ってくる子供たちを迎えに、二人で庭に下りた。

霞はもうとっくに晴れていて、川向こうの浅草寺の五重塔がうらうらと眠そうに春陽を浴びていた。

第二章　空の青で染めよ

一

また、雀《すずめ》が泣いている。

縁側で横になっていたおりんは、夢とも現《うつつ》ともつかぬ心地の中で泣き声を聞いていた。さわさわと揺れる葉擦れの音がして、澄んだ緑の匂いが運ばれてくる。

それにしても、雀はよく泣く子だ。黒目がちの目をいつも大きく見開いて、懸命に働こうとする。しかし生来、不器用なのだろうか、掃除をさせれば水桶をひっくり返し、苗畠では畝《うね》につまずいてべそをかいた。はじめはおりんも新次もそのつど心配して面倒を見ていたが、雀にかまけていると自分たちの仕事がさっぱり捗らない。近頃は雀が少々泣いていても、慌てなくなっていた。

でも今日はしくしくなんてものじゃない、油紙に火をつけたような勢いだ。と思った途端、おりんは飛び起きた。さっきまでここで一緒に寝ていたはずなのに、いつのまに起き出したのだろう。目をしばたたかせて庭を見回したが、雀の姿はどこにも見えない。

種苗屋は、庭に木々を植えて剪定まで請け負う植木屋とは異なり、苗木や花の種、苗だけを育てて売る商いである。いつの季節も木々や花の手入れと客の応対で大忙しだが、真夏の昼下がりは一刻《いっとき》ほど店を閉め、身体を休めることにしている。この時季、水やりや枝下ろしなどの仕事は早朝と夕暮れに集中するからだ。

辺りは蟬時雨《せみしぐれ》さえ鳴りをひそめてしんと静まりかえっているというのに、雀はどこで泣いているのやら。裏の苗畠に回ってみると、声が近くなった。いたいた、沙羅《しゃら》の木の下でしゃくりあげている。が、そばにもうひとりいた。おりんは縞絣《しまがすり》の胸元を素早く直して、挨拶をした。

「若旦那、いらっしゃいませ」

「ふふ、何かいい夢、見てたでしょう。おりんさんてば、寝顔にも笑窪《えくぼ》があるんだ」

「え、まあ、お人の悪い。声を掛けてくだされればよろしかったのに」

「あちしはちゃあんと掛けましたさ。かけていけねえのは、お大名行列の前と親の形見だけってね」

おりんは昼寝姿を辰之助《たつのすけ》に見られていたのかと思うと、顔から火が出そうになった。これから縁側で横になるのはよそう。

「お内儀《かみ》さん、嘘ですよぉ。若旦那はじいっと見てばした。おまけに、ほっぺをつついたくせに」

「ふふん、白玉みたいだったから、どんな具合かなあと思っただけよ。雀こそ、おりんさんのお乳にすりすりしてたくせに。ねんねなんだから」

「だから、そんなことはしてばせんってば。でぇったい、してばせん」

むきになって手足をばたばたさせた雀は、また大きな声をあげて泣き出した。おりんは雀の背中をとんとんと叩きながら、なだめた。

「そうね、してない、してない。わかったから、もう泣かないの。また息が詰まっちまうわよ。それにしても若旦那、今日はお珍しいですね、苗畠にいらっしゃるなんて」

「あー、あちしさあ、のどが渇いて干涸《ひから》びちゃいそうだ。冷やっこいものをご馳走になろうっと」

言うが早いか、辰之助は黒絽の羽織をひるがえすように背を向けると、すたすたと母屋に向かってしまった。まったく、人の話をはぐらかすこと、天下一品である。

「さ、お前も」

雀は小さな身体を棒のように突っぱねていたが、おりんに手をひかれてしぶしぶ苗畠を出た。

「ああ、おいしい。なずな屋の麦湯は香ばしいねえ。うちの婆やのは、何であんなに薬くさいのかしら」

辰之助は涼しげな紗《しゃ》の扇を取り出してしきりと胸元をあおるが、白く透き通るような肌には汗の一粒も浮かんでいない。くっきりと映える三日月眉の下は少し吊りぎみの切れ長目で、口元はぽっちりと紅をひいたように朱い。

こんな雛のような顔をしながら口の悪さが並大抵ではなく、気に入らない者には誰にでもずけずけと剃刀《かみそり》のように斬りつけるのだ。しかしなずな屋の何が気に入ったのか、時々ふらりと道草のように現れては新次の仕事を眺めたり、おりんと茶を呑んだりして過ごすことが七日に一度はあった。

ただ、雀をからかっては泣かせて帰るのだけが困りものだ。数え十七になろうかという若者がまだ九つの子供を泣かせるのだから大人げないのもいいところだが、それは辰之助には通用しない理屈だろう。世間の大人らしく振る舞えるのなら、大店の若旦那がこんな鄙びた界隈でぷらぷら遊んでいるわけはないのである。

「そうそう、祖父《じい》さまからの言伝《ことづて》を忘れちゃいけない。新さんにちょいとお知らせしたいことがあるので、今夜にでも足をお運び願えないかって」

「承知いたしました。今日は山に入っておりますが夕刻には帰ってまいりますので、申し伝えます。そういえば、ご隠居様の暑気中《あた》りはその後いかがですの」

「もう大丈夫。鰻やら高麗人参やらで、あちしよりぴんぴんしてるわよ。あれじゃあ、棺桶に入っても踊り出すよ、きっと。さあて、あちしも帰って行水でもしようかなっと。あい、左様なら、ちゅん吉」

辰之助は立ちついでに雀のおでこを細い指先でぴんとはじいて、帰って行った。

雀の名は本当はしゅん吉《きち》というのだが、少し鼻詰まりで自分のことを「ちゅん吉」としか言えない。それでいつのまにか雀と呼ばれるようになり、本人もその方が気に入っているようだ。

「ちゅん吉じゃありばせんてば、おいらは雀ですっ」

雀は若旦那の後ろ姿に、あかんべえをした。

「これ、いくら仲良しでも、上総屋の若旦那にそんなことしないの」

「ばかだんな？」

「じゃなくて、わ、か、だんな」

「あい。ば、か、だんな」

「こらっ、わざとでしょう」

おりんが思わず抱きしめると、雀は赤ん坊のようにきゃっきゃと笑った。

日本橋駿河町の上総屋は、江戸で三本の指に入ろうかという太物問屋である。その隠居、六兵衛は文人墨客との交遊も広く、通人としても知られていた。

なずな屋とのつきあいは一年前の春、六兵衛の快気祝いの引出物に新種の桜草の注文を受けて以来である。その後、向嶋《むこうじま》に隠居屋敷を建てて移って来たので近所の誼《よし》みも通じ合い、いっそう何くれとなく夫婦を可愛がってくれていた。

辰之助はその六兵衛の孫で上総屋の跡取りであるが、仔細があってか六兵衛と暮らしている。新次とおりんが上棟祝いに参上した日には、呆気にとられたものだ。初対面の若旦那が、気安く声をかけてくれるのだ。しかし、二人にはさっぱり覚えがない。

「あちしよ、あちし。わかんないのかえ、にぶいねえ」

こんな人形のような顔をした若旦那を見知っていれば、忘れるはずもない。六兵衛が「あの時は、ちと変わった格好をしておりましたからな」と笑いながら口を添えてくれたので、おりんはようやく気がついた。病み上がりの六兵衛につき添ってなずな屋を訪れた、あのお供の娘ではないか。ちと変わった格好どころではないが、六兵衛も当の辰之助もどこ吹く風であった。

しかし新次は、首をひねり通しである。そもそも娘の姿が目に入っていなかっただろうから、覚えているはずもない。女と見れば逃げ腰なのが、新次の泣き所だ。

雀はすっかり元気を取り戻し、ちょこんと腰掛けていた縁側から張り切って飛び下りた。

「おいら、びず汲みをして来ます」

「水汲みはまだ早いわよ。いつも親方が言ってるでしょう、夏の昼間に水をやると根が焼けてしまうから、お日様が西に傾いて空が茜色《あかねいろ》になってから」

「あ、そうでした。じゃあ、ばき割り」

「薪割りも涼しくなってからでいいのよ。それよりも手習いをしましょう。手と足を洗ってから、小間にお入りなさい」

雀は途端に目を輝かせ、「あいっ」と元気な声を出して井戸端に駆けて行った。

九つといえば、町の子は大抵、手習いに通っている。商家に奉公するにしても職人になるにしても「読み、書き、そろばん」ができなければ一生、芽が出ないというので、どんな裏長屋の貧乏暮らしをしている親でも束脩《そくしゅう》を工面して我が子を師匠のもとに通わせる。

しかし雀はどうやら、ほとんど手習いに通えなかったようだ。にもかかわらず、雀は学ぶことが好きだった。鼻詰まりのせいか素読は不得手だが、書の筋はおりんが舌を巻くほどだ。しかも一度間違えたところは二度と間違わず、教えた覚えのないことまで知っていることもある。幼い頃に誰かについて学んだことがあるのかとそれとなく尋ねてみても、雀は口をつぐんでしまう。

ばかりか、雀は自分をなずな屋に預けたまま行方《ゆくかた》知れずになっている父親のことも口にしない。まだおっ母さんが恋しい年頃だろうに、死んだ母親の想い出ひとつ口にすることはなかった。

雀の父親である栄助《えいすけ》は草花の棒手振《ぼてふ》りで、売り物にする苗を仕入れになずな屋に出入りするようになった男であった。といっても普段はありふれた廉価なものを花河岸で仕入れるのが専《もっぱ》らで、そのじつは新次に会いに通ってきていたようなものだ。

花師になるつもりで弟子入りしたものの兄弟子と反りが合わず、その後の親方のもとでも厭気の差すことが続いて修業をあきらめ、棒手振りをしながら我流で花の栽培をしているのだという。なずな屋を訪れて新次と言葉を交わし、苗畠の中に身を置くことが、栄助の小さな楽しみであったのかもしれない。職人は自らの手の内を気安く他人に明かしたりしないものだが、新次は問われるままに助言をし、乞われれば種や苗を分けてやったこともあるようだ。

しかしそのつきあいは育種に限ってのものであったし、おりんや店の者に栄助が親しげな素振りを見せることはまるでなかった。

だから栄助が小さな男の子の手を引いてなずな屋にやってきたあの日も、子守りがてらに伴ってきたほどにしか、おりんは思わなかったのだ。まさか大事な子供を預けようと思いつくほど近しい間柄に感じていたとは、思いも寄らぬことだった。

しかし栄助はいとも気安く、頭を下げた。

「商いの用で上州《じょうしゅう》に旅をすることになりやして。しばらく、こいつを預かってもらえやせんか」

新次は呆気に取られている。しかし父親に言い含められて来たものか、傍らにちんまり坐っていた雀は「ちゅん吉です。よろしくお願いいたしばす」と手をついてお辞儀をした。おりんは思わず顔を寄せ、年の頃や好きな遊びなどを尋ねていた。

そして雀は初めて会う大人に臆することなく、どんな問いにも黒目勝ちの大きな目を見開いてはきはきと答えたのだ。この年頃の子はしっかりしているように見えても親がそばにいると途端に駄々っ子になったり、親の顔色を窺ったりするものだ。おりんはすっかり感心してしまった。

「で、ちゅん吉ちゃんのおっ母さんは？」

何気なく問うたその時、雀は初めて言い淀んだ。栄助が急に気色ばんで口を出す。

「こいつの母親は死にやした。二年前、おっ死《ち》んだんでさ」

雀はもう二度と口を開くまいとでもするかのように唇を真一文字に引き結び、俯《うつむ》いてしまった。

「堪忍してね。辛いことを思い出させてしまいました」

おりんは親子に詫び、茶を淹れ替えに台所に立った。母親がいれば、赤の他人に預かってくれなどと頼みに来るはずがないのだ。己の迂闊《うかつ》をしきりと悔いながら、子供の好きそうな菓子はなかったかと茶簞笥の中を掻《か》き回した。

新次は組んでいた腕を解き、煙管に火をつけた。

「で、旅は長くなるのか」

「七日、いえ、十日ほどでやす。……ですがこいつをつれて行くには路銀が足りやせんし、あっしには頼る身寄りもねぇもんで」

初めて神妙な声を出す栄助の背中よりも雀の肘があまりに小さいことに気持ちがこみ上げて、おりんは新次に必死で目配せをしていた。

その夜から雀はなずな屋で暮らし、かれこれ六月《むつき》になる。約束の十日を過ぎても月が変わっても、栄助は姿を見せなかった。

「お内儀さん、もう書くところがなくなりましたあ」

おりんが我に返ると、墨で真っ黒になった双紙《そうし》を見せて雀が嬉しげに笑っていた。

その日の夕暮れ、手伝いの小僧をつれて山に入っていた新次は、大八車に溢れるほどの草花や木々を積んで帰ってきた。これらを育て、種をとったり株を増やしたりするのが花師本来の仕事である。とくにこの一年ほどは、新次が野山に入ること頻繁だ。

持ち帰った木や花を植えつけるために一息つく間もなく苗畠で働く新次に、おりんは井戸水で冷やしておいた手拭いを持って行った。雀もついてくる。

「お、ありがてぇ。雀は今日も利口にしていたか」

新次は諸肌脱《もろはだぬ》ぎになって盛大に拭きながら、雀の前髪をくしゃくしゃと撫《な》でた。

「あい、今日も面白かったです」

「そうか、面白かったか。何が面白かったんだ」

「ばくらのそうしです」

「ば？」

おりんは吹き出しながら、そっと新次に耳打ちした。

「枕草子よ、近頃、王朝ものがお気に入りなの」

「何だ、そうか、ばくらか」

新次は、雀がなずな屋の手伝いよりも手習いが好きそうなのに、気落ちした風である。しかし六兵衛からの言伝を告げると、

「そいつぁいいや、鷺草《さぎそう》をめっけたんで届けようと思ってたところよ」

機嫌を直し、着替えも早々に鉢を持って出掛けた。抜けるような夏空にくっきりと入道雲が出ていたかと思うと辺りがにわかに暗くなり、稲妻が光り始めた。

「新さん、傘をお持ちなさいな」

おりんは追いかけた。

「おう、馬鹿言うねぇ、そんな野暮なもん持ちこんだらあの若旦那に、さあ、いじってくだせぇってなもんだ」

「そうだった、猫に鰹節だったわね」

新次は裾をからげると、ぽつぽつ降り出す中を駆け出した。

激しい夕立のあとは、蒸し暑さばかりがつのる夜になった。

柳橋《やなぎばし》の料理屋㐂川《きかわ》では、権鉢堂の手代、藤四郎《とうしろう》が客をもてなしていた。

「ささ、七代目様、一献」

「ふん、白瓜のようなそちを相手に呑んでも旨くも何ともないわ。女どもはまだなのか」

「ええ、ええ、まもなく参りますですよ。今宵は江戸中の綺麗どころを洗いざらい呼べと女将にきつく言ってありますですから」

「それにしても何だ、㐂川ほどの店にしては、この部屋は妙に蒸すな」

「さいでございますねぇ」

藤四郎はそそくさと立ち、庭に面した簾戸《すど》を一気に開け放った。湿った土と苔の匂いが、むっと鼻先をあおる。

「よせ、土臭くなる」

「へえ」

「日がな一日、土や花の匂いで胸が悪くなっておるのだ。閉めよ」

青筋を立てて吐き捨てた客は、霧島屋の七代当主、伊藤伊兵衛治親《はるちか》である。もとは五百石取りの旗本、久本治定《ひさもとはるさだ》の三男であったが、霧島屋の先代である伊兵衛政澄には娘、理世しかいなかったので婿として迎えられた。五年前のことだ。

治親は眉間が狭い男で、癇性らしくいつも薄い唇の端を歪めている。

藤四郎は簾戸を閉めながら小さく舌打ちをしたが、治親には作り笑いを向けて団扇《うちわ》を手に取り、盛んに風を送り始めた。

「それにしても唐橘《からたちばな》は、大変な評判になっておりますですねえ。昨日、小耳に挟みましたところでは、新種の鉢はなんと二百両の値がついたそうにございますよ」

「値はまだまだ上がる。そのうち、実の一粒が十両、二十両で取り引きされるようになろう」

「そ、そこまで行きますか」

「むろん」

唐橘は、橘と名がついているが柑橘類の橘とは全く異なるものである。新春に飾る万両に似ており、丈はせいぜい一尺ほどにしかならない。冬につける実は赤か白が普通で、その実も花もさして見所はない木であった。

ところが数年前、縮れや斑《ふ》入りなど葉の珍種が出て好事家《こうずか》の注目を集め、あっという間に爆発的な流行となったのだ。実をつけた木はその姿を一年以上も保つので、季節が変わっても人気が衰えないどころか江戸中が唐橘を求めて狂奔するような騒ぎになっている。

しかしほとんどの者は唐橘を愛でるというより、投機の対象として捉えていた。昨日、一両で買った鉢が今日は二両で売れた、五両で買ったものが三日で二十両になったと噂になれば、自分だけ手をこまねいているのは間抜けなような気がするのだろう。皆、熱に浮かされたようになった。値は天井知らずで上がり続け、あれよあれよという間に一鉢が百両の大台に乗り、今では唐橘は「百両金」という通り名を持っていた。

「さてさて、お次はどのような鉢をご用意いたしましょうか。職人どもは、腕を鳴らしてご注文をお待ちしておりますですよ」

「鉢など何でもよい。そちに任せる」

「お有難うございます。ではでは、藍の染付《そめつけ》を百鉢ほどいかがで」

「馬鹿者、何を考えておる。そろそろ数を絞らねば稀少の価値がつかぬではないか。実の色も葉もあれ以上の変化はつけられぬと花師も申しておるし、これからは手に入りにくさで値を吊り上げるのだ」

「なるほど。さすが、七代目様のご着想は我々下々の者とは桁違いでございますねえ。では、いかほど」

「五鉢だ」

「た、たった五鉢で」

「そのかわり、金に糸目はつけぬ。大きな声では言えぬが、さる高貴の筋に献上する物なのだ。どうだ、この大仕事、受けられるか。半端な物を用意したら承知いたさぬぞ」

「へ、へえ、有難い思し召しで。この権鉢堂の藤四郎、一命に代えましてもきっとお気に召す品をお揃えいたしましょう」

節をつけて張り切る藤四郎の芝居臭さを治親は鼻であしらい、ふいに話柄を変えた。

「そちはあれから、なずな屋とやらに出入りしておるのか」

「いいえ、滅相もない。私の鬼門でございますよ、向嶋は。くわばら、くわばら」

「潰せ」

「へ？」

「潰せと言うておろうが」

藤四郎は、治親が疳《かん》を立てて顎で示した先にようやく気づいた。簾戸を開けた時に入ってきたものか、畳の上で松虫が一匹、所在無げにしている。

「虫唾《むしず》が走る」

「へ、へえ」

虫に触れるのも苦手な藤四郎は、及び腰でえいやと団扇で叩いてみた。ばんっと畳を叩く音だけが響いて、虫はささっと逃げる。また叩く、逃げる。藤四郎は団扇を手に座敷中を這《は》い回った。ばん、ささっを繰り返すうちに自慢の髷はゆるみ、顔中から汗が噴き出してくる。

背を丸めて這いつくばり、息を荒らげた。顔を上げると、治親は杯をあおり、「不味い」と顔をしかめた。

そこへ、芸者衆が嬌声を挙げて座敷になだれこんできた。芸者よりも衣紋《えもん》の抜けた藤四郎は顔馴染みの幇間《たいこもち》の顔を見つけると、取り縋るような声を出した。

「よ、ようやく来たねえ」

「へいへい、北がなけりゃあ、にっぽん三角ってね。さあさあ、お姐さん方、こちらが世に名高い千両様でげすぜ。とおっぷり、おもてなしぃぃぃ」

じゃじゃんっと鳴り物が響き、新しい膳が運ばれ、治親の両脇にはしなだれかかるように芸者たちが侍《はべ》った。続き間の簾障子がすっと開き、三味と鼓が始まる。五人の芸者たちが揃って舞を始め、大層な賑々しさに座が埋め尽くされた。

松虫はどこへ行ったやら、姿が無い。藤四郎は途端に調子を取り戻し、空騒ぎを始めた。

「ふむ。紅を引いた女は、可愛げがあるの」

治親は色香でむせ返るような芸者の肩を抱き寄せながら、ぎやまんの杯を何度も重ねた。酔いにまかせて舞を見るともなく見ていると、舞扇で顔を隠したまま踊り続ける芸者がいる。

「某《それがし》に向かって不敬であろう」

睨めつけると、女はつと扇をはずして流し目をくれた。出会ったことのないその妖しさに、治親は杯をとり落としていた。

二

新次と雀は東の空がゆっくりと暁に染まる頃、苗畠に出て水やりと木々の手入れをしていた。空気はまだ蒼く冷んやりとしており、足元は朝露で濡れるほどだ。

夏という季節は花をつける木は少ないものだが、木漏れ陽の下では山野草が涼しげな花を次々と咲かせる。なずな屋の苗畠でも、新次が山から採取してきて植えつけた笹百合や九蓋草《くがいそう》などの草花が揺れていた。球や株を分けて増やしていくのである。

　幾筋もの畝には秋に売り出す撫子や藤袴《ふじばかま》、そして雀よりも丈の高い薄《すすき》と萩の群れが丹精してあり、庭のような風情がある。売り物を作るための植え溜まりなので客が足を踏み入れる場所ではないのだが、上総屋の六兵衛はここが気に入ってしきりと歩きたがったので、今では楠の緑蔭で一休みできるように床几《しょうぎ》を据えてあった。

　新次は花柄や黄葉を摘み取りながら、また「是色連《これしきれん》」のことを考えていた。

　連というのは好事家の集まりのことで、骨董や和歌、俳諧、踊り、絵画に至るまでさまざまな連があり、そこで自らの腕を披露し、仲間と交誼を深め合うのである。是色連は花の連の中でも飛び抜けて古く、おいそれとは加われない格式の高さを誇っていた。

　ただし三年に一度、重陽の節供の翌日、九月十日に開かれる「花競べ」には連に属さない者でも出品でき、一位の玄妙《げんみょう》を勝ち取った者は無条件で連に迎え入れられる。勝ち抜き式で行なわれる評定《ひょうじょう》は浅草寺の本堂で公開され、大掛かりな植木市も立つので祭のような賑わいになる。花好きの者は物見遊山がてら、京、大坂からも駆けつけてきた。

新次もむろんのこと、是色連が催す花競べのことを知っていた。修業した霧島屋は、連の肝煎《きもいり》を務める筆頭であったからだ。ただ、連に属さない者でも出品できると言えば誰にでも門戸を開いているように聞こえるが、近頃は連仲間の推挙がなければ点者《てんじゃ》が見る段階までは残れない仕組みになっているとの噂があった。

だからあの夕立に遭った日、六兵衛から花競べに出品してみないかと勧められても、新次は二の足を踏んだのだった。表向きと実情が異なる花競べのありように、何となく陰湿なものを感じていたせいもある。

「せっかくのお言葉ですが、あっしは是色連の方々には何の伝《つて》もございやせん。ご推挙がなければ、出品しても判定はしていただけぬと聞いておりやす」

「そうそう、そのことですよ。私の旧知の友がこの春から肝煎衆に加わりましてな。ぜひとも、なずな屋さんをご推挙したいと申しておるのです」

「それはまた、どういうお方で」

「今は、ちと理由《わけ》があって名を明かせぬのですが、私の快気祝いの引出物で配った桜草をいたく気に入ってくれましてな。それで是非、なずな屋さんを花競べにと」

「有難うごぜぇやす」

と頭を下げつつ、新次は歯切れが悪かった。

「なずな屋さん、私の申しようが悪かったようです。これは、花競べに出品してはどうかというお勧めではありません。お頼み申しているのです」

「いってぇ、どういうことで」

「親方が修業なすったのは、確か、あの霧島屋さんでしたな」

「さようですが」

「有り体に申しましょう。このままでは、霧島屋さんは大変なことになる」

「大変なこと？」

「詳しいことは今、探りを入れさせておりますがな」

六兵衛は珍しく含みのある物言いをする。しかも霧島屋の名が出たことに、新次は驚かされた。六兵衛はただの一度も、霧島屋とかかわりがあるような話を口にしたことがなかったのだ。むろん、花を愛でる風流人でその名を知らぬ者などいようはずもなかったが。

花の世界では、霧島屋伊藤家は特別な家である。初代、伊兵衛は伊勢《いせ》津《つ》三十二万石の領主藤堂《とうどう》家が武州《ぶしゅう》豊島郡《としまぐん》染井村に構えていた下屋敷で働く露払《つゆはら》い、すなわち庭を世話する下僕であったと言われている。

その仕事を陽のあたる表舞台へと導いたのが、三代目の伊兵衛三之丞《さんのじょう》であった。植木や種苗の育成、売買、鑑定を商いとして成り立つようにした、初めての人である。

しかし三代目の貢献は、商いの枠を大きく超えていた。職人を指導して養成するのみならず、自らが苦心を重ねて得た育種の奥義を「花壇地錦抄《かだんちきんしよう》」などの書に惜しみなく著わして、広く啓発に努めた。その甲斐あって江戸の花卉《かき》栽培の技は飛躍的に伸び、公家や上級武士だけの嗜みであった花いじりが一気に庶民の楽しみへと広がったのだ。

五代伊兵衛政武の時代には将軍家にまでその力量を見込まれるほどとなり、江戸城お出入りの植木商となった。享保の頃には将軍吉宗公の御成りがあり、霧島屋の広大な花壇を見て回ったほどである。

植木職でありながら苗字帯刀を許された伊藤家は代を重ねるごとに財、名声共に充実し、世に「千両様」と呼ばれる植木商になった。が、当主の政武は三代目の志を継いで自らを野人、農夫と称し、野山を歩いては苗畠で研鑽《けんさん》を重ね、啓発のための著作に力を注いだ。

であればこそ、霧島屋で働く者は大番頭から番頭三人、手代が十人、そして百人を超える職人の末端に至るまで筋目の通った誇りを持っていたし、松の幹を真冬に素手で磨くような辛い作業にも耐える。霧島屋で修業した庭師、花師となれば、いずこでも別格の扱いを受けた。

「さようでしたか……」

霧島屋の名を聞くと、新次も胸おだやかではいられない。

「なずな屋さん、迷われるお気持ちは重々、承知しております。今から天竺に行って、お釈迦様の蓮《はす》の台《うてな》を取ってきてくれとお願いしているようなものでしょう。しかし、これ、この通り、お頼み申します」

六兵衛は背筋を正し、新次に向かって深く頭を下げた。

「ご隠居、何をなさいやす」

「何とぞ、この年寄りの頼みを聞き入れてくださらぬか」

「頭をお上げなすってくだせえ」

しかし六兵衛は動かない。新次に頭まで下げて、いったい何をしようというのだろう。夕立の激しい音を聞きながら、新次はふと、しゅん吉を預かってくれと頭を下げられたのもこんな雨の日だったと思った。観念した。

「承知いたしやした」

答えるや否や、六兵衛は手をついたまま顔を上げ、にっと笑った。まったく、喰えない御仁だ。新次は苦笑いするしかなかった。

「ご隠居がそこまでおっしゃるからには、あっしも迷いますまい。有難く、出品させていただきやしょう。ただ」

「ただ?」

「手持ちの新種の苗は、どれも間に合いません。点者の皆様の前に並ぶところまで勝ち抜ける物が用意できるかどうか……いや、ご隠居の顔に泥を塗ることになるかもしれやせん」

「この年になりますと相当、面の皮が厚うなっておりますからな、泥でも砂でも何でもござれですよ」

六兵衛はいつもの静かな佇《たたず》まいに戻っていた。

それからは、寝ても覚めても花競べのことを考えている。何を出せば、六兵衛の役に立てるのだろう。

花の形が美しく妙味があり、茎や葉とも調和しているもの。葉の形や色、模様に面白みがあるもの。いいや、今から新種を作るのはどだい無理な話だ。品評会に出そうと思う者は膨大な時と金をかけて周到な準備をするというのに、あと二月《ふたつき》しかないのである。

自分でも厭になるほど不利な条件ばかりを数えていて、考えがまとまらない。焦れば焦るほどいい思案は遠ざかり、気を落ち着けたら落ち着けたでぽっかりと穴が空いたように何も浮かんで来ないのだった。ずっと、それを繰り返していた。おりんは花競べについては何も触れようとはしなかったが、客の応対や商いの細々とした仕事はできるだけ新次を煩《わず》らわせないように引き受けてくれていた。

新次はふと、雀の姿が見えないことに気づいた。小柄な雀は、少し丈のある草花のそばでしゃがんでいたりすると見えなくなる。井戸端に戻ったのだろうか。

「雀、いるのか」

上背のある新次が大きな声を出すと、どこからでも聞こえるのだろう、「あいぃい」とおっとり返事が返ってきた。朝陽を受けて葉という葉が金色に輝く、大きな楠の下にいた。幹にしきりと顔を近づけている。

「どうした、洞《ほら》で小啄木《こげら》でも見つけたか」

しかし雀は首を横に振り、くんくんと鼻を鳴らしていた。

「いい匂いがしばす」

「どれ」

新次が見てやると、幹に巻きついた葛《かずら》だった。

「ああ、これは定家葛《ていかかずら》だ。ここで生えていたのを絡ませておいたんだが、珍しいな、花はもう終わっている時季だがまだ咲き残りがあったのか」

「ていかかずら」

「そうだ。いつかまたおりんに教わることもあるだろうが、新三十六歌仙の一人だ」

「あの、権中納言定家卿《ごんのちゅうなごんていかきょう》なのですか」

「お前、知ってんのか」

「小倉百人一首を選んだ人ですね」

新次は呆気に取られてしまった。雀は嬉しげにぴょんぴょん飛び跳ねながら、畝の合間の小径を走り回っている。

「親方、これは何という木ですか」

「どれ」

それは新次が一年ほど前の秋、山から採取してきた低木だった。秋の山は、真弓《まゆみ》、七竈《ななかまど》、梅擬《うめもどき》など、赤か赤黄色の実をつける木がほとんどである。ところがその中に珍しい色の実をつけて揺れている枝が見え、新次は息を呑んだのだった。

そうだ、なぜ俺はこの木に思いが至らなかったのだろう。実が終わった後は枝先が枯れてしまったうえ、初夏に咲いた淡紫の花や葉は凡庸で、いかにも山出しであったことで目が曇っていたのかもしれない。

しかし雀の前にあるのは、粗末な衣を脱ぎ捨てるように何本もの枝が根元から吹き出しており、優美な弓状にしなっていた。葉は枝に相対してついており、その葉元にはびっしりと薄緑の実がついている。

「あ、色が青になっている実がありばす」

「そうだ、秋になると実が夕空のような青から紫に染まって、それは見事だ」

「何という名ですか」

雀はしきりと名を聞きたがる。そういえば、この木にはさしたる名がない。山里の案内人は「鳥むらさき」とも「紫しきみ」とも呼んでいたような気がするが、心許《こころもと》なかった。

「紫しきみだと聞いたような気がするが、まだ人に知られていない木でな」

「ぶらさきしきみ……」

雀はじっと木を眺めながら、大人のような仕草でしきりと首を傾《かし》げていた。

その夜、新次はおりんと差し向いで呑みながら、初めて思案を口にした。青柚子をきゅっと絞って下地をかけた奴豆腐に茗荷の塩揉み、鮪《まぐろ》のつけ焼きが肴だ。

「なあ、花競べなんだが、誰も知らない木を出すってえのは、どうだろうなあ」

「誰も知らない？」

「ああ、まず江戸の者は見たことがねぇ木なんだが、実の色がいい。よくよく考えれば、是色連の花競べに新種か変種しか出してはいけねぇ決まりはねぇはずなんだ」

「実の色って、もしかしたら紫になるという」

「何でぃ、お前ぇは知ってるのか」

「いいえ、今日の手習いで雀がしきりと紫の色を詠みこんだ和歌を探すのよ。私も手伝わされて、まあ、どっちがお師匠さんだかわからない有り様で」

おりんは笑っているが、新次は鼻白むことしきりだ。今朝は珍しいことに水やりでへまをせず、草取りで間違って大切な苗を引き抜いてしまうこともなかったし、木や花にも興味を示して教えを乞うたのに、やはり学問のためだったのか。

よんどころない事情があったにせよ、縁があって預かった子供である。父親が花師になれなかった棒手振りであったから、なずな屋にいる間にちっとでも仕込んでおいてやりたいと手伝わせているのだが、どうにも拍子が合わない。むろん花師の修業には学問も必須であったが、自分よりもおりんになついているかのような気にさせられて、新次は少し物足りなかった。

「私は、新さんが納得できるものを出すのがいちばんだと思うわ」

「そうは言うものの、ご隠居に恥ぃ搔かすわけにはいくめぇ」

「ううん、そこを目指すと、先に進めないような気がする。ご隠居は何もかもを新さんに託したのだから、そのお前さんがご隠居を見てたんじゃあ、ぐるぐる回ってるだけじゃないかしら」

「そうか」

「ええ、お前さんが行く道を決めなくちゃ」

おりんの言う通りかもしれない。新次は、山で見たあの色を思い浮かべた。

「一か八か……」

あの木に、賭けてみようと思った。

三

盆が過ぎて秋風が渡ると、虫聞きや月見など、風流遊びに訪れる人々で向嶋は賑わい始めた。なずな屋にも客が引きもきらず、おりんと手伝いの小僧は応対に大わらわだ。

雀は縁側に坐って、売り物の苗鉢につけるお手入れ指南が刷り上がってきたのを、たどたどしく三つ折りに畳んでいた。この秋は七草の寄せ植えが目玉である。

お手入れ指南では、奈良の時代に山上憶良《やまのうえのおくら》が詠んだ歌「秋の野に咲きたる花を指《およ》折《お》りかき数ふれば七種《ななくさ》の花」「萩が花　尾花《おばな》　葛花《くずはな》　撫子の花　女郎花《おみなえし》　また藤袴　朝貌の花」を紹介している。朝貌とは、今の桔梗《ききょう》のことだ。

その日の昼八つを過ぎた頃、新次の幼馴染みである留吉の女房、お袖が子供たちをつれて遊びに来た。夫婦喧嘩を持ち込みにきたのではない。春にお梅《うめ》が生まれてこのかた、この夫婦はとんと喧嘩をしなくなって気抜けするほどだ。お袖が伝法なのは変わりないが出口のないことを言い立てて荒れ狂うことが無くなり、留吉に言わせれば「お梅を生んだら毒気が抜けた」らしい。近頃はすっぱりと気風《きっぷ》のいい、大工の女房である。

とくになずな屋に雀が来てからというもの、松吉や竹吉と年が近いこともあって何かと足を運んでくれる。この辺りは大店の寮や隠居所、あとは植木屋ばかりで、雀が遊べる年頃の子供がほとんどいないことを知っての心遣いであった。

「雀、ここはいいから松っちゃんたちと遊んでいらっしゃい」

「あい」

おりんが声を掛けると男の子三人ははしゃぎながら庭に出て、影踏みや鬼ごっこで遊んでいる。お袖はその姿を縁側で眺めながらお梅を寝かせ、おりんを手伝ってお手入れ指南を折り始めた。お梅は薄紅色の腹掛けをしてもらい、愛くるしいことこの上ない。

そこへ職人風の若い男二人が近づいてきて、いきなりおりんに尋ねた。

「おう、姐さん、この店に百両金はねぇか」

「あいすみません、唐橘は扱っていないのです。七草ならちょうど見頃をご用意しておりますが」

「ちっ、草なんぞ糞の役にも立たねえ。しけた店だ」

吐き捨てた男を、お袖がきっと睨めつけた。もう一言、何か言おうものなら縁側から飛び出して胸座《むなぐら》を摑み上げるだろう。連れの男がお袖の視線に気づき、そそくさと相方を促した。

「お、おい、ここはおっかねぇぜ。次ぃ、行こうぜ」

「何でえ、何でえ、銭ならたんまり持ってるんだぜぇ、せっかく高値《たかね》で買ってやるってのによぉ」

男たちは周囲の客にも聞こえよがしにわめきながら、店を出て行った。様子を見ていた雀が何を思ったか、小さな手を叩いている。

「松《ま》っちゃんのおっ母さんは、しゅごい、しゅごい」

「何でぇ、雀、おばちゃんの何が凄いんだ」

庭の奥に作った花小屋から剪定鋏を持ったまま駆けつけてきた新次が尋ねると、

「だって、目だけでやっつけたんです。しゅごい、しゅごい」

母親を褒められたのが嬉しいのだろう、松吉と竹吉も雀の口真似をして、しゅごい、しゅごいと囃《はや》し始めた。

「雀坊に褒められるたあ、わっちも焼きが回ったもんだ」

お袖は笑いながら、口をへの字にして見せる。

「助かったわ、お袖さん。有難う」

縁側に腰掛けた新次とお袖に番茶を淹れておりんも坐ると、お袖が眉根を寄せて新次に問いかけた。

「新さん、向嶋でもあの手合いが多いのかえ」

「そうだな。花も草も見分けのつかねぇようなのが増えてるなあ」

「新さんは頑として扱わないけれど、近頃はうちにもよく訪ねてみえるのよ。唐橘を売ってくれとか、買わないかとか」

「うちの宿《やど》も何か言ってたよ。知り合いの大工が持ってた唐橘をどこで聞きつけたか、植木商が買いに来たらしくてさ。それが、腰が抜けるほどの値だったらしい」

「まあ」

「それはいいさ、富籤《とみくじ》に当たったようなもんだ。けど、後がいけない。もう大工も何も馬鹿らしくてやってられなくなって大事な普請をしくじった揚げ句、棟梁になるのも目前だったのを棒に振ったってさ」

「何てことを」

「大工が大工の仕事を捨ててどうするんだって、うちのが心配してね、ずいぶん意見したらしいが、お前ぇみたいに頭を使わねぇ奴は一生、裏長屋から抜け出せねぇなんて逆捩《さかね》じを喰らわされて大喧嘩になったらしい。当人は唐橋専門の植木商になるんだっつぅんで銭まで借りてさ、鼻息が荒いらしいよ。いくら高利の銭でも明日になりゃあ何倍も儲かるんだから、訳はねえってね。銭、銭って、何だか剣呑《けんのん》な世の中になってきたもんだねぇ」

「ひょっとすると、御公儀《おかみ》の倹約令が効き過ぎたのかもしれねえなあ」

「暮らしをしっかと引き締めよ、宵越しの銭も貯めて老入《おいれ》に備えておけってぇ、お触れのことかえ」

「私たちのような小商いや職人にはさほど厳しいお沙汰ではなかったと思うけれど、倹約令が緩められたらたちまちこれだもの。反動かしらねえ」

「わっちはねぇ、近頃、しみじみ思うよ。毎日ちゃんとおまんまがいただけて、一家五人が泣いたり笑ったりしながら過ごせりゃあ、もうそれだけで御の字だってね」

子供たちが遊ぶ姿を見ながらつぶやくお袖の横顔は、秋の夕陽に照らされて静かである。

子供たちはもう鬼ごっこに飽きたのか、枯れ枝を持ち出して剣術の真似事をしている。ふと、お袖が言った。

「もしかしたら、雀は町方《まちかた》の子供じゃないね」

「え」

「見てご覧な。構えが、うちの子たちと丸きり違うよ」

そう言われて見れば確かに、腰の据わりや腕の添え方が違う。あんなに不器用なのに松吉や竹吉に枝先を当ててしまわないように微妙に加減しているし、何より動きが綺麗だ。

「まだものわからない年頃に形を身につけてないと、ああはできるもんじゃない」

「まさか。親はれっきとした棒手振りなんだぜ」

「新さん、れっきはねぇだろうに」

新次の間の抜けように三人で笑いそうになったものの、父親に一向に迎えに来てもらえぬ雀の身の上を思うと、そのまま誰もが声を呑みこんでしまった。

栄助は便りの一つも寄越さぬどころか訪ねた長屋は蛻《もぬけ》の殻で、近所の者はみな首を振る。店に出入りしている棒手振りにも幾度となく尋ねてみたが、よほどつきあいが狭かったらしく、行方どころか栄助の名すら知らぬ者がほとんどだった。

もしや旅先の上州で病でも得てはしまいかと、おりん夫婦は案じていた。

四

珠玉のような紫の実が、あでやかである。

葉は黄葉したものの病葉《わくらば》に見える色づき方なので、一枚一枚、すべて摘み取った。枝には実しかつけていないが、それがかえって色を際立たせている。鉢は、おりんが考えた。渋い路考茶《ろこうちゃ》の釉《うわぐすり》をかけた四角い高鉢だ。

「いよいよ、明日だねえ」

新次が庭の奥の花小屋で最後の検分をしていると、辰之助がやってきた。結城紬《ゆうきつむぎ》の袷《あわせ》を着流しにして白献上の帯を締め、珍しくまともな若旦那に見える。

「これだね、新さんが出す品は」

「実がどこまで重るかは花のつき方で見当がついておりやしたが、色だけは蓋を開けてみねぇとわかりやせんでした。しかしここんとこ一気に冷えが来て、色が深まりやした。これなら得心して出せるような気がしておりやす」

「新さんがいいのなら、いいに決まってるさ。あちしも気に入った。これで、鬼に金棒じゃないかえ」

辰之助の言葉に、新次は涼しい目許をやわらげた。辰之助はこういう時、肚にないことは決して口に出さぬ性質《たち》だ。今日はそのことが、やけに新次を安堵させた。

「ご隠居は、お出掛けで」

「そうよ、良からぬ策謀でもしてんじゃないの。爺様たちは暇なんだから」

そこへ雀が入ってきて、挨拶をする。

「いらっしゃいませ」

「ちったあ大きくなったかい、ちゅん吉」

「ちゅん吉じゃないやい、雀だい」

「じゃあ、雀、この木の名を教えておくれ」

「これは……ぶらさきしきみ」

「何だって？　聞こえないよ、え、しきみ？　えらく抹香くさい名だねえ。仏前に供

「えるあの樒なのかい」

「いえ、種類は違いやす。おりんが調べたところ、重《しげ》るに実と書くらしいんですが」

「ふうん、そうなの。見た目はいいのに、名で損しやしないかえ」

「若旦那もそうお思いになられやすか」

「他に誰が言ってるの」

新次は、雀を見下ろした。若旦那はにっと笑って、やにわに雀を抱き上げた。

「珍しく気が合うじゃないか、雀。そうだよねえ、しきみじゃねえ」

やはりそうかと、新次は頭を抱えた。

自らが作出した新しい品種に名をつけるのも花師の大事な仕事で、古歌や物語にちなんだ名をつけることが多かった。本歌《ほんか》を知る者はその世界も胸に描くことができ、楽しみは幾層倍も深まるものだ。

新次も修業中には和漢の物語や故事、伝承を学んだが、一日中、外で身体を動かしたあとの独学で、あまり身についてはいなかった。とくになずな屋を開いてからは、新種の名づけはほとんどおりんが引き受けている。娘時分に稽古事のひとつとして和歌の手ほどきも受けたことがあり、古典にも少しは通じている。

その夜、新次とおりんは紫《むらさき》重実《しきみ》に替わる名を考えていた。居間に文机を運んで反《ほ》故紙《ご》を広げ、思いつくままを言い合っておりんが書き留めていく。とはいうものの、案を思いつくのはほとんどおりんで、しかも大抵はすでに世にあるものばかりだった。

「御所紫《ごしよむらさき》」

「躑躅《つつじ》の名にあるなあ」

「楊貴妃」

「桜にも白牡丹《はくぼたん》にもある」

「紫南天《むらさきなんてん》」

「品がねえ」

「紫水晶《むらさきずいしよう》」

「何でえ、それ」

「もう、新さんったら、けちばっかつけてないで自分でも考えてよ」

「考えても出ねえから、お前ぇに頼んでるんじゃねぇか」

「もうちっと早めに言ってくれたらじっくり考えられたのに、今夜じゅうにだなんて、いくら何でも時が足りないじゃないの」

「だからすまねえって、言ったろうが」

二人とも気が立って諍いになりそうなところへ、雀がそっと顔を出した。

「あのう……」

「何だ、雀、まだ起きていたのか。明日は早えぇんだから、もう寝てな」

「ぶらさきの名はもう決まりましたか」

こほん、こほんと小さな咳をするので、おりんは小間に連れて入って雀を寝かせた。

「お前は気にしなくていいから」

雀は何か言いたそうにしていたが、おりんに強く戒められるとあきらめたかのように目を閉じた。裏庭では鈴虫の声が降るようで、秋の深まりを告げている。おりんはもう少しそばについていてやりたかったが、気がせいて早々に居間に戻った。

夜が更けても、いい思案はいっこうに浮かばない。水を注ぎ足そうと、鉄瓶を手に台所に立った。目の奥がじんとして、重い。

と、庭で物音がした。気のせいかと思ったが、新次も何か聞こえたのだろう。板間に立って、庭の方に耳を澄ましている。すると、今度は何かが倒れたような大きな音がした。

「お前ぇは出てくるんじゃねえぞ」

新次はおりんに低く告げると縁側の板戸を引き、庭に飛び出した。「あいたたたっ」「畜生っ」と物騒な声が居間でも聞こえ、けれど月は雲に隠れて辺りは星明かりだけだ。微かな気配を窺って息を詰めていると、今度は枝折戸の辺りからごとんっと聞こえた。通りへ出る人の気配がしたとき、新次が庭を駆け抜け、垣根を飛び越えるのが微かに見えた。

小間に入ったおりんは蒼くなった。雀がいない。いつのまに寝床から抜け出したのか。

「雀、どこにいるの」

庭に出て探すが、どこにも姿が見えない。裏の苗畠にも入ってみたが、手探りだ。星明かりにようやく目が慣れたと思った途端、目の前に現われた木の枝先で眉の上を打った。不吉な思いにとらわれて、雀の名を大声で呼んだ。

薄《すすき》の群れにも分け入って探す。鋭い葉先が手の平を切り、おりんを阻んだ。庭に戻って鉢を並べた棚の下も覗き込んで回ったが、見つからない。おりんは、土の上に坐り込んでしまった。咳をしていたのに、仕事に取り紛れて気配りしてやらなかったことを悔やむ気持ちがせり上がってくる。

「何か言いたげだったのに聞いてもやらないで、私は何ていうことを」

その時、雲が流れて上弦の月が顔を出し、光の網を打つように庭を照らした。閉じていたはずの花小屋の板戸がはずされているのが、遠目にも見える。おりんは走った。

「雀っ」

花小屋の中に入ると、花競べに出す紫重実の前で雀が倒れていた。手に長い棒のようなものを持っている。板戸を閉めるのに使っている心張り棒《しんばりぼう》だ。

「どうしてこんな処に」

抱き起こした雀は、ぐったりして動かない。おりんは小さな身体を抱いて、母屋に運び入れた。行灯の横で見ると顔は土で汚れ、身体のあちこちに傷がある。

「雀、わかる？　私よ、りんよ」

声を掛けながら身体を拭き、手当をした。傷は思ったよりも軽く擦り傷ばかりだったが、息が熱い。ひどい熱だ。医者を呼びに行きたいが、新次はまだ帰ってこない。濡れ手拭いを額にのせ、置き薬で熱冷ましがあったかと紙袋をひっくり返し、丸薬を見つけて飲ませようとした時、雀が薄目を開いた。

荒い息の中で、何か言おうとしている。唇を動かすが、声にならない。

「さ、お薬よ」

抱き起こして薬と水を飲ませると、今度は小さいがはっきりとした声を出した。

「……き」

「なに？　どうしたいの」

雀はまたぐったりとしたかと思うと、苦しげな息に戻ってしまった。濡れ手拭いは、あっという間に熱くなる。

桶の水を替えては手拭いを絞り、雀の手を握りしめを繰り返しながら「まさか、このままいけなくなってしまうなんて、そんなことはないよね。雀はそんなにやわな子じゃないわよね」と、胸の中で懸命に語り掛けた。そしておりんはただの一度も「他人様《ひとさま》から預かった子を、こんな目に遭わせてしまって」という考えが浮かばなかったことに気づいた。おりんにとってはもう、雀は他人《ひと》の子ではない。

いいや違う、自分の腹を痛めて生んだ子であれば、雀の死んだおっ母さんならば風邪ぎみの子をこんな目に遭わせないはずだと自分を責めた。

雀が、またうわ言を言っている。しかし何を言いたいのか、聞き取れない。そこへ、新次が帰ってきた。上総屋の辰之助も一緒だ。

「お前さん」

雀のただならぬ様子に、新次の目が鋭くなった。

「どうしたんだ、まさか、あいつら、雀に何かしたのか」

おりんが事情を話すと、新次は雀の額に手をあてた。

「こいつはひでぇ……医者を呼んでくる」

「新さん、あちしが行くよ。うちの爺さまを診てくれてる先生ならすぐそこだから、叩き起こしてつれてくる」

辰之助は婀娜《あだ》な芸者姿の裾を膝までからげ、飛ぶように出て行った。


新次が逃げる影を追って渡し場に駆け込んだ時、ちょうど舟から辰之助が下りるところだった。そこに男が二人、走って乗り込もうとして、辰之助にどんと突き当たったのだ。

「どけっ、邪魔だ、邪魔だっ」

口汚く罵《のの》る男たちを後ろから追ってきたのは、新次ではないか。辰之助は「ふふん」と鼻を鳴らして逃げる男の足を払い、あっという間に隅田川に投げ込んだ。もう一人は新次が舟の中で追いつめたが、今度は自分で飛び込んでしまった。他の客が持っていた手提灯で飛び込みざまの横顔がちらりと見えたが、見覚えのない男だ。

「新さん、あいつら、なずな屋に忍び込んでいたんじゃないの」

「お祭しの通りで」

「ぶらさきしきみは大丈夫なんだろうね」

二人で顔を見合わせたと同時に、駆け出していた。花小屋の板戸が壊されて横倒しになっている。しかし紫重実は枝ひとつ折れておらず、無傷だった。胸を撫で下ろして母屋に入ったら、雀がこんなことになっていたのだ。

ほどなく、辰之助が医者をつれて戻ってきた。診立《みた》てはやはり風邪だったが、何と左腕が折れていると言う。おりんが、わっと泣き出した。医者がおりんを諭すように言った。

「おっ母さんが泣いて、どうします。落ち着きなされ。子供の骨折なぞ日にち薬で治るものじゃ。それよりもこの熱の方が怖い。煎じ薬を置いて行くが、夜が明けても熱が引かなければ、もう一度私を呼びに来られるが良い」

おりんは幾度も礼を言って医者を見送ると、その足で薬を煎じに台所に入った。苦い匂いが漂い始める。

新次は濡れ手拭いを替えながら、呟いていた。

「なんで雀が、花小屋なんぞで倒れていなきゃいけねぇんだ」

「守ったんじゃないのかえ、ぶらさきしきみを」

辰之助は雀の顔を見つめたまま、独り言のように言った。

守った？　こんな小さな子供がまさか。不器用なくせに、花師の修業より学問の方が好きなくせに。何という無茶を。

「待って、雀が何か言ってる」

「え」

「…し…きぶ。あちしには、しきぶって聞こえるよ」

「しきぶ？」

おりんが戻って来て、雀の枕元に坐った。

「そうなの、ずっとうわ言で。でも、何を欲しがっているのやら、私には皆目わからなくて」

辰之助はじっと何かを考えていたが、つと雀の耳に口を寄せて何かを囁《ささや》いた。雀は目を閉じたまま、少し笑ったかのように見えた。

「違う、欲しがっているんじゃない。新さんとおりんさんに、くれたのさ」

「若旦那？」

「紫式部」

「え」

「明日の花競べに出す、あの木の名さ」

「紫式部？　あの光る君《きみ》の？」

「そう、ぶらさきしきぶがいいって雀は言ってる。あ、もしかしたら」

辰之助は雀にまた何かを尋ね、雀は今度ははっきり笑みを浮かべた。

「名を考えるために、もう一度、見たかったんだってさ、あの木を。それでこっそり花小屋に入ったってわけだ」

新次もおりんも言葉がなかった。

「あちしも、ぶらさきしきぶが、いっち、いい名だと思うよ」

五

九月十日、浅草寺の境内は大層な人出だ。植木市の花々を眺めて楽しむ者、安くて良い苗を見つけようと躍起の者で溢れ、参道は真直ぐに歩けないほどだ。本堂の手前にそびえる五重塔の前には大台架がしつらえられ、花競べの評定が既に終わった鉢が陳列されている。

今年の出品は五十三を数え、一つひとつに出品者と花木の名前を記した木札が付けられている。評定の結果は、朱色の筆が入っていた。人々はそれを眺めながら、あれこれ品定めするのを楽しみの一つとしている。老若男女どころか身分の隔てもないのが花好きの面白いところで、侍と魚屋がここで知り合いになり、手持ちの種や苗を交換し合う仲になることも珍しくなかった。

大坂の商人風の男と江戸の町娘が、木札に「月」と筆の入った菊の前で気安く言葉を交わし、笑っている。

「へえ、是色連の花競べに菊なんぞを出品しはるとは、何とも間が抜けてまんなあ」

「おや、旦那もそうお思いかい、六日の菖蒲、十日の菊とはこのこった。素人《とうしろ》だね、これは」

「さすが江戸のお人はうまいこと言わはりますなあ」

朱文字の月は月並みの略で、最下位だ。その菊鉢のすぐ後ろで権鉢堂の手代、藤四郎が首まで朱にして立っていた。そこへ、あまり風体のよくない男が二人、近づいてぐいと袖を引いた。

「旦那、探しましたぜぇ。向嶋の駄賃をいただかねえと。こちとら、へんな餓鬼にやられて怪我ぁしてんだ、ちょいと色をつけてもらいやしょうか」

「しぃっ、大きな声を出すな。わかっているったら。何だよ、餓鬼って。まさかお前さんがた、ちゃんと首尾は遂げたんだろうね」

藤四郎は口を尖らせながら辺りを見回し、二人の男を伴って塔の裏手に向かった。

本堂では、花競べ最後の評定が始まっていた。

磨き込まれた欅《けやき》の床の中心には白絹が敷かれ、二つの鉢が横並びに置かれている。このいずれか一つに、最も優れた名花名木の称号「玄妙」が与えられる。開け放たれた本堂の石段下には見物人が押し寄せ、皆、固唾《かたず》を呑んで見守っていた。

境内から見て正面にあたる北側には点者の席がしつらえられ、東側には主催者である是色連の面々がずらりと居並んでいた。最前列には肝煎衆の筆頭である霧島屋七代当主伊兵衛治親、そしてその横には上総屋六兵衛が坐している。六兵衛が是色連の肝煎であるとは、新次はまったく聞かされていなかった。しかし六兵衛はちらりとも新次を見ない。

出品者の席は肝煎衆と対面する西側に用意されていたが、新次の隣は空席のままである。見物衆の女達は目ざとくも新次の男振りに気づき、そこかしこで浮ついた声を挙げ始めていた。

評定を受けている鉢には「なずな屋新次　紫式部」、そして「霧島屋伊藤理世　錦《きん》

繡衣《しゅうごろも》」の木札が添えられていた。五名の点者は席から離れ、二つの鉢をためつすが
めつして採点している。
霧島屋の錦繡衣は、新次が心底から見事と思える楓《かえで》であった。緑葉がびっしりとつ
いた枝が大きく伸びているかと思えば、別の枝は燃え立つような紅葉である。梅や桃
には一本の木に接ぎ木をして紅白の花を咲かせる源平《げんぺい》という技があるが、楓でこのよ
うな二色《ふたいろ》を見るのは初めてだった。瑞々しい緑の合間を縫うように紅が流れ、しかも
緑と紅は交差しない。錦繡衣は、木々が緑から黄、橙、金赤へと色を深めていくさま
を見せていた。
その傍らで、赤い実を空の青で深く染め上げたかのような紫の実が揺れている。錦
繡衣と紫式部は一体となって、秋の山の風景を写していた。
お嬢さんは、自らを取り戻している。
新次は、沸き立つような手応えを感じていた。しかし理世は未だに姿を見せない。
出品者が花競べに姿を見せぬとは腑に落ちぬが、にわかに見物衆のざわめきが大きく
なって新次は我に返った。点者たちが正面の席についている。いよいよ、評定を読み
上げるのだ。
是色連肝煎衆筆頭、霧島屋伊兵衛治親が、胸を大きく反らせて声を挙げた。

「評定を、お願い申し上げまする」

すると、点者の一人が膝を進めて前に出た。年配者の多い点者の中では最も若く、四十をさほど過ぎてはいないだろう。幾度も水をくぐったような着物を身につけているが、その率直な佇まいには武家らしい威厳が備わっている。

「その前に二点、尋ねたき儀がござる。許可をもらいたい」

「何事ですかな」

「許すか否か、先に返答願おう」

治親は出鼻をくじかれ、憮然《ぶぜん》とした面持ちで他の肝煎衆に諮《はか》った。六兵衛が口を開き、別の面々も頷いているのが見える。許可が出た。

「紫式部を出品された、なずな屋新次殿にお尋ね申す」

新次は、平伏して言葉を待った。

「なずな屋殿、花の前で貴賤尊卑はござらん。面《おもて》を上げられよ」

聞けば聞くほど朗々たる声に、誰もが静まりかえった。

「紫式部は、どれほどの年月をかけて作出されたのか」

「これは、作ったものではございやせん」

新次が答えると、見物衆がざわざわと騒がしくなった。「どういうことでぃ」「さあ」などと、皆、不審げだ。

「これは、山から採取してきたものです。実も花も葉も、作ったのは天地《あめつち》としかお答えしようがございやせん」

「天地となー」

武家はそう呟き、しばし黙した後、声を変えた。

「では、霧島屋殿に尋ねたい」

曇りのない眼差しを治親に向ける。

「錦繍衣の出品者がまだ席についておらぬようだが、いかがされた」

治親は顎を上げて口の端を歪め、薄笑いを浮かべた。

「女の身でかような晴れがましい席に出るのは憚《はばか》られると申しましてな、某《それがし》が名代《みょうだい》でござる。何、霧島屋の当主は某にござるゆえ、錦繍衣は某が作出したも同然の品。貴殿は初めての花競べでお心得も足りぬようだが、ここに品さえあらば花師がおろうがおるまいが何の障りもござらぬ。見当はずれの差出口は無用に願いましょう」

慇懃を装いながらも問うた相手を見下しているのが露わで見物衆は眉をひそめ合ったが、当の武家は治親に一瞥をくれただけで、「承知」と席に戻った。

治親は大袈裟な溜息をつき、端に坐した点者にさも親しげな笑みを振り向ける。

「お待たせし申した。評定をお始めくだされ」

意を受けた点者は学者らしき風貌で、懐から重々しい所作で短冊を取り出す。空咳を落としてから、節をつけて詠み上げた。

「霧島屋ぁ、錦繍衣ぉ」

わっと、声が挙がる。次の商家の主《あるじ》風の男も「霧島屋ぁ、錦繍衣ぉ」と詠んだ。次の点者は最も老年の僧侶で、「なずな屋ぁ、紫式部ぅ」である。直衣《のうし》に烏帽子《えぼし》をつけて化粧をした公家だ。ここでまた霧島屋に点が入れば、決まりとなる。公家はゆったりと舞うように短冊を取り出すと、高く澄んだ声で詠み上げた。

四人目の点者を、誰もが息を詰めて見つめた。直衣に烏帽子をつけて化粧をした公
「なぁずぅぅなぁ屋ぁぁ、紫ぃぃ式部ぅぅぅ」

長く音を引き、和歌を詠むような美しさの評定に見物衆から「いいぞおっ」と声が掛かり、やんやの騒ぎだ。治親は、手の中の扇を苛立たしげに膝に打ちつけた。

最後は、さきほど新次に問うた武家であった。節をつけずに、しかし腹に響く重々しさで詠んだ。

「なずな屋、紫式部」

驚きの入り混じった大歓声が挙がった。花の世界を知る者は、霧島屋が相手となれ

ばまず勝てまいと予想していたのだ。点者を代表した僧侶がゆっくり立ち上がり、鍛え上げた喉で評定を締めくくる。

「その姿、あわれが添うて雅びである。その色、禁色《きんじき》、高貴の紫にて秋の実ものに比類なし。よって、なずな屋新次出品の紫式部を玄妙とする」

「得心できかねる」

治親が蒼白になって吐き捨てた。その横顔に、六兵衛がついと目を光らせた。

「御筆頭、今、何と申されました。点者の判定は決して覆《くつがえ》らぬこと、よもやお忘れではありませんな」

「知れたことを。某が申しておるのは、それ以前のことですぞ。そもそも、是色連の花競べは育種の技を競う会でありましょう。紫式部か何か知らぬが、ただ山から持って来ただけだと本人も言うておったではないか。そんな物、失格にせずば連の名がすたろうというもの」

「はてはて、七代目様とも思えぬお言葉」

「何を無礼な」

「樹木も花も、そして我ら人も等しくこの天地から生じたもの。その恵みに手を合わせ、気を通じ、心を養うことを発意として是色連への参集を呼びかけられたのは、霧島屋さんの三代目、伊藤伊兵衛三之丞様ではありませんでしたかな」

「古臭いことを。育種の技がなければ、今流の名花とは言えぬわ」

そこへ、武家の点者が誰に言うともなく、唱えるように述べた。

「人がいかに手を加えても、自然が作りたもうた美しさには敵わぬ。そもそも花木の育種とは、野山や川辺に珍らかなもの、美しいものを見出し、それを大切に育て上げることから始まったものではあるまいか」

「いかにも。紫式部が失格というならば、錦繍衣も失格でありましょう」

見物衆の中から、低く澄んだ女の声がした。見物人は声を挙げた女を、呆気に取られて見つめている。女は、本堂に向かおうとしているかのようだ。しかしあまりの人で動けない。誰かが「おい、通してやれ」と言うと次々と人波が左右に分かれ、道ができた。

そこを歩いてくるのは、白地茶格子の袷に裁衣袴《たつつけばかま》をつけた女だ。黒髪を無造作に束ねて肌も日に灼けているが、その美しさは隠しようもない。霧島屋伊藤理世である。

理世が本堂に近づくと、六兵衛が新次の隣の席を手の平で示した。威儀を正して点者の五名に、次いで正面に居並ぶ連の面々に遅参を詫びて着座した理世は、真正面で青筋を立てている治親に向かって口を開いた。

「是色連肝煎衆、御筆頭様に申し上げます。育種の技が入っておらぬものが失格であれば、霧島屋の錦繍衣も失格となりましょう」

「理世、そちは血迷うたか」

治親は脅しつけるように、どんと板間に片膝を立てた。

「この錦繍衣には、育種の技は入っておりませぬ」

武家が、理世に問うた。

「これは接ぎ木ではないと申されるか。紅葉している枝は自然に色づいたものと」

「さようです。ただ、紅葉のきっかけを人の手が作っただけにございます」

理世が説明した方法は、新次も初めて知るものだった。紅葉させようと思う枝の根元の樹皮を、刃物で薄く剝ぐのだという。すると樹木は自らを守るために、傷ついた枝の葉だけを落とそうとする。その落葉の前に、紅葉するのだ。

「虫に喰われた枝だけが紅葉するのを見て、もしかしたら人の手で紅葉を起こせるかと思うたのです」

学者らしき点者と公家が、しきりと感心し始めた。

「なるほど……人の手と自然の妙が見事に合わさったものでありましたか」

「それを先に聞いていたら、麿《まろ》の評定も違うていたやもしれませぬ」

見物衆がまた、ざわめき始めた。その波を鎮めたのは、六兵衛だ。

「評定は、何があろうと覆らせぬ決まりにございます」

理世は手をついて、頭を下げたまま点者たちに述べた。

「承知しております。仮りにこのことを先にお話ししていたとて、玄妙はやはり紫式部でありましょう。この木は何ひとつ、人の都合で無理をさせられているところがありませぬ。百年、二百年のちの世にも生き、愛でられ続けることと」

そして理世は、新次をしっかりと見つめた。新次はたじろいだ。その目の気高さ、光の強さは、昔と少しも変わらない。

その様子を見て取ったか、治親がいきり立った。

「なにゆえ、そなたはそのような下賤の肩を持つ。どこまで某に恥をかかせおるのだ」

しかし理世は静かに言い放った。

「恥をかいておるのは治親殿ではあるまい。霧島屋だ。伊兵衛の名を守り、受け継いできた私の父祖だ。もう、いい加減にされたがよろしかろう」

怒りで総身を震わせた治親が理世に近づいたかと思うと、手にした扇を顔めがけて力一杯振り下ろした。とっさに新次が庇い、扇は新次の額をしたたかに打ちつけた。

血のついた扇が床に落ちる。点者の武家が治親の腕を手刀でぴしりと打ち、厳しい声で叱りつけた。

「其許《そこもと》、仮にも直参旗本の出であろう。これ以上の狼藉《ろうぜき》を見せるとあらば、実家の兄の進退にもかかわろうぞ」

「そちこそ、いずこの浅葱《あさぎ》裏《うら》か。田舎侍がかくも無礼を働きおって、許さぬぞ。そちもなずな屋も理世も、お、おのれっ」

そこへ六兵衛が近づき、治親の耳元に小声で何かを告げた。途端に治親は呂律が回らなくなり、ぴくりとも動かなくなった。腰が抜けたようだ。連の者が五人がかりで、本堂の脇へと担ぎ出して行った。

芝居の三幕でも見ているかのように興奮していた見物衆の前に、ずいと六兵衛が進み出た。

「皆々様、是色連、始まって以来の不始末、衷心《ちゅうしん》よりお詫び申し上げまする」

そう言うと、喜んでいたはずの見物衆から野次が飛んだ。

「そうだ、そうだ、茶番をやってんじゃねぇぞ」

「お怒りはごもっともにござります。そこで、皆様へのお詫びをご用意いたしました。唐橘の挿し芽をお一人様に一鉢限り、お持ち帰りくださりませ。ただし、ただほど怖いものはございませぬでな」

六兵衛の軽口で、見物衆にどっと笑いが戻った。

「一鉢につき三十二文、ここ浅草寺様にお布施をお納めくだされ。向後《こうご》とも、是色連の花競べにお運びくださりますよう、平に、平にぃ、お願い奉りますぅぅぅ」

「いよぉ」の掛け声で一本締めとなり、それを機《しお》に見物衆は五重塔前に走った。

選外の鉢はいつのまにか取り片付けられており、千とも見える唐橘の挿し芽鉢がずらりと並べられている。三十二文は屋台の蕎麦がちょうど二杯食べられる値段で、庶民の懐が痛むものではない。百両金の芽が蕎麦代で買えるとあって、人々は色めき立った。

そこを騒動にならないように納めたのは、是色連の法被《はっぴ》をつけた若い衆だ。上総屋の店の者を始め、町の顔役、火消し衆の面々まで勢揃いして威勢よく群衆を捌き切った。その采配を振るっている若い男が雛のような顔立ちであることに、見物衆の誰も気づかなかった。

浅草寺の喧噪から離れ、新次は隅田川のほとりを歩いていた。少し離れて、霧島屋の理世が後ろを歩いている。夫の所業を詫びた後、理世は問わず語りにぽつり、ぽつりと話し始めた。

「七代目は母上の縁戚の者でな。幼い頃から、まあ、許嫁《いいなずけ》のようなものだった」

背後で、理世の細い溜息が聞こえた。

「しかし、何をどう説かれようと私は厭だった。あの通り、昔から性根《しょうね》の歪んだ男だ。誰も彼をも見下し、権柄尽《けんぺいず》くで支配したがる。花競べにも私を出したくなかったのであろう。今朝、蔵の中で古い書付《かきつけ》を探していたら、外から閂《かんぬき》が掛かっていた」

何てぇことを。新次は怒りにまかせて、舌打ちをしそうになった。

「大番頭が気づいて出してくれたから間に合うたものの……今年の花競べにだけは、いかなることをしても出なければならなかった。霧島屋を、あの七代目から守るために」

お嬢さんはずっと、己が夫と闘いながら生きて来たのだろうか。そう思うと急に額の傷が疼《うず》いたような気がして、新次は眉根を寄せた。

「そもそも、花を解さぬどころか土をいじる生業《なりわい》を蔑《さげす》んでいる男など、伊藤家の主に迎えてはいけなかったのだ。私は幾度、縁組を考え直して下されと懇願したことだろう。だがお前も知っての通り、母上はあの通りのお人だ。気位の高さは」

「山のごとし、情の剛《こわ》さは巌《いわお》のごとし」

新次が振り向くと、理世はうっすらと笑みを浮かべた。こうして見ると、ずいぶん痩せたような気がする。

「よく憶えていたな。そうだ、その母上に頭が上がらぬ父上には何もできない。そこで、私は父上に取り引きを申し入れたのだ。育種の腕を上げ、花競べで一位の玄妙を取って進ぜよう、父上の名でと」

理世の父、六代伊兵衛政澄は凡庸なる人であった。番頭や手代をはじめ、庭師や花師たちも飛び抜けて優れていたので店は安泰であったが、伊藤家の天才は、初代、三代、五代、そして理世と隔世であるのかもしれない。当主は自らの手で育てた花木で玄妙を取ることが伊藤家の不文律となっていたが、政澄の腕ではとても叶わぬことであった。

「その代わり、あの男とは不縁にして戴きたいと頼んだ。私は婿を取るつもりなど毛頭なかったのだ。ただ、一人を除いては」

新次はふと、歩みを止めた。

「あともう少しで、花競べに出せるほどの物ができた。しかし、この人以外はと思い詰めた相手は、私から去ってしまった。……娘が親に取り引きを持ちかけるなどするから、報いを受けたのやもしれぬな」

額の傷がどくんと脈を打ったのを咄嗟《とっさ》に指先で抑え、新次はまた歩き始める。しかし背後の理世は、屈託のない声で話を継いだ。

「もう七年も前のこと、つまらぬ昔話を聞かせた。それより、そなたの嫁御はよく出来たお人だそうだな。上総屋のご隠居から聞いているぞ」

「ご隠居から？」

「ああ、当家の先々代とご隠居は年は離れていたものの、じつに気の通じ合う友であったそうだ。先々代が亡くなってからも、あのお方は何かと霧島屋を気に懸けてきてくださった。とくに此度の件では、生涯を懸けても返しきれぬほどの恩を蒙《こうむ》ったと思っている」

新次はようやく、さまざまを得心していた。

「あの名、紫式部も嫁御が考えたのか」

「いえ、子供です」

「子供？　子供もいるのか。そうか」

その声が遠いような気がして振り向くと、理世は思ったよりもずいぶん後ろに立っていた。

「良かったなあ、新次」

微笑みながらそう告げた理世は目礼を寄越したかと思うとひらりと背を見せ、歩いてきた道を引き返して行った。その後ろ姿に新次も黙って辞儀を返し、まっすぐ帰り道を目指して歩き始めた。

雁の群れが、一斉に飛び立った。

五日の後、上総屋六兵衛と辰之助、留吉一家がなずな屋に訪れた。ささやかな祝宴だ。

紫式部は縁側の中心に据えられている。雀はすっかり熱が下がっていたが、左腕を白布で吊るされた姿で咳をしているのが痛々しい。しかも留吉の子供たちに風邪を移すといけないと、小間に無理やり寝かされてしょげている。松吉と竹吉は雀の様子が心配げで、襖を引いては枕元で付き添っている辰之助にしっしっと追い払われる。

六兵衛が贔屓《ひいき》の料理屋から立派な祝い膳が届いていたが、おりんとお袖は酒の用意で台所に立ち尽くめだ。お袖はしきりと、おりんに休むように勧めている。雀の看病でこの数日というもの、ろくろく横になっていない。新次が代わると言っても、おりんは頑として雀のそばを離れようとしなかった。

「たまにはわっちに任せておくれな」

「有難う、お袖さん。でもこんなに嬉しい日はありゃあしない。勿体なくて、寝られやしないのよ。こうして皆と一緒にいたいの。お袖さんこそ、松っちゃんたちにお膳を食べさせてあげて」

「あの子らの面倒は、うちのが見てるさ。それにしても雀は大したもんだねえ、店に忍び込んだ奴らを追っぱらったんだって」

「そうなのよ。でも、もうあんな無茶はさせない。鉢の一つや二つやられたって、あの子の命には代えられない」

女たちがそんな話をしている間、新次は慮外なことを六兵衛から聞かされていた。額の傷はほとんど癒《い》え、痕も一寸《いっすん》の糸筋ほどになっている。

「あのお武家様は前《さき》の御老中だったたってぇんですかい」

「ってえと、たしか、たそがれの少将とか言われなすった？」

六兵衛は留吉の言葉を受けて真顔になり、声を潜めた。

「さようです。五年前に首席老中の座を退かれた松平定信《まつだいらさだのぶ》侯です」

「そんなお偉い殿様だったとは露知らず、礼を尽くさぬままで帰ってきちまいました」

「身分を明かさぬようにと厳しく止められておったので、それでよろしいのですよ」

「しっかし、少将様がまた何で花競べの評定にお出ましになったんでやす」

留吉はお梅を抱きながら器用に酒を呑み、口も滑らかになり始めていた。

「唐橘です」

「百両金の？」

「さよう。じつは、松平の殿様が御老中の任を受けられた時、固く決意されていたことがありました。それまでの賄賂《まいない》政治で乱れきった世を正し、米価を下げ、物の値も安定させて人々が安寧に暮らせる世にすると。しかし、お武家のほとんどが札差《ふださし》への借財で首が回らなくなっているのを棒引きにした棄捐令《きえんれい》で江戸中が金詰まりに陥《おちい》った。その後の質素倹約令も下々の不評を買いました。が、御老中はそれも最初《はな》から承知の上で断行なさっていたようです。あともう少し皆が堪えれば、世の中が落ち着く基盤が整うところでした」

しかし、あくまでも公明正大を通す老中が大奥にも財政改革の大鉈《おおなた》を振るったことで、歯車が狂った。贅沢に慣れた城の女達が猛反発したのだ。それがきっかけとなって寛政五年、松平定信は失脚した。まだ三十六歳であったがその後は諦念し、好きな学問と花いじりで風雅の道を究めていくつもりだった。

「ところが御老中の座を退かれてほどなく、突如、唐橘の流行が起きました。始めは花好きの間だけのことでしたが、あれよあれよという間に流行は熱病のようになり、利殖目当ての厭な値動きさえ見せるようになったのは、お二人もご承知の通りです」

「あっしの知り合いも大儲けして、大工をやめちまったんですぜ」

「さよう、一攫千金の夢を見て皆が浮き足立っておりましたな。前の御老中、いえ、少将様とお呼びしましょう。たそがれの少将とは、ご自身がお若い頃に詠まれた歌にちなんでおりましてな。ともかく少将様は、唐橘をいたく気にされた。ご自分の改革が巡り巡って人心を乱したのではあるまいかと。であれば、それだけは何としても己の手で事を収めたいとお考えになられたのです」

そこに小間から出てきた辰之助が加わり、話を引き継いだ。

「でもね、唐橘は仕掛けられたものだった。黒幕がいたのさ。新さんもよっくご存知の」

「もしや、霧島屋の七代目が」

「年を越すまでには離縁されるから、当主ではなくなるけれどね。あれだけ多くの面前で不始末をしでかしたのだから、今度こそ伊藤家から出されるでしょうよ。ともかくあいつの遣り口は汚かった。そもそも、最初に高値をつけたのは誰だとお思い？霧島屋……もとい、久本治親なのよ。売った者も買った者もあいつの息がかかっていて、盛んに触れ回らせたわけ。一晩で倍になった、三日で十倍になったたってね」

「自作自演で流行を作ったってえ、ことですか」

「そういうこと。あとは欲に駆られた連中が勝手に値を吊り上げてくれるって寸法よ。あいつは霧島屋とは縁のない花師を旨い話で釣って、唐橘を作らせていたみたい。元締めだからさ、相当儲けたんじゃないかしら。しかも全部自分の懐に納めて、一切、店の金蔵には入れていなかったというから恐れ入谷の鬼子母神さ」

新次は黙って聞きながら、理世の身の上を案じていた。唐橘の一件が公《おおやけ》になれば、霧島屋ほどの店でも厳しい詮議は免れないだろう。唐橘を手に入れるために高利の金を借り、一家離散の憂き目を見た者までいるのだ。今となっては治親が店から離れたところで動いていたことが、取り潰しの沙汰に遭わない命綱になるかもしれない。

「あちしが売り飛ばした鉢なんてね、驚くほどの値がついたよ」

「何だ、若旦那もですかい」

留吉は猪口を持ったまま身を乗り出している。台所から出てきたお袖が慌てて、お梅を抱き取った。

「治親がね、ある芸者に預けた鉢があったのさ。やんごとない筋への献上品だが、屋敷の者は皆、信用ならぬとか言ってね。おおかた、己を大きく見せてその芸者を我が物にせんという企みだったんじゃないの。ならば鉢の四つや五つ呉れてやりゃあいいものを、預けるってのが吝嗇《けち》臭い。つくづく、銭と女に卑しい奴だ。ああいう手合いはさ、吉原《よしわら》なんぞじゃ禿《かむろ》にも鼻であしらわれるのさ」

「そ、その芸者ってのは、若旦那のお馴染みなんで？」

「ん、まあね、ちょいと古い仲でね」

「さぞ、いい女なんでやしょうねぇ」

留吉の羨《うらや》ましげな口振りに、六兵衛と新次は吹き出しそうになるのを懸命に堪えている。

「でさ、その芸者が預かった鉢をね、別の鉢に植え替えてさ。売りつけてやったんだよ、当の本人に。目の色変えてたよ、これは極上の品だってね」

「そいつぁ、いいや」

居間が、どっと沸いた。

「それで、いくらで売ってやったんです」

「鉢が五つ、しめて三千両」

「さ、三千両？　途方もねえ話だ」

そこで、六兵衛が口を開いた。

「それを元手に買い集めた唐橘で挿し芽を増やし、花競べの見物衆に大盤振る舞いをしたわけです。それで異常な高値を徐々に収めるつもりでしたが、あっという間に薬が効いたようですな。たちまち値が落ちて、百両もした鉢が十両になったそうですよ。江戸中の者がほとんど持っている唐橘を、もう誰も買おうとはしませんからな。浅草寺様は向後、あのお布施を貧しい民や捨て子の救済にあててくださることになっております」

「あぶくのような銭を、一人の懐から世間に還した」

「なずな屋さん、その通りです」

「けどよ、身の丈以上の欲をかいた者はそれなりの報いを受けることになるんだろうなあ」

留吉は、大工をやめてしまった知り合いの行く末を案じているのだろう。

おりんは真剣な面持ちで皆の話に聞き入ったり相槌を打ったりしていたが、やがて台所の板の間に坐ったまま上半身が揺れ始めた。

六兵衛と辰之助、留吉とお袖はひそひそ相談したかと思うと、新次に身振り手振りでお開きにしようと伝えた。子供たちまで大人の真似をして抜き足、差し足で帰っていく。

新次はおりんをそっと抱き上げ、雀が眠っている横に寝かせた。ぐっすり眠ってしまっていて、まったく目を覚まさない。しかし、いい夢でも見ているのだろうか、笑《え》窪《くぼ》が浮かんでいた。そっとつついてみると、雀が小声で「あー、いけないいんだ」と囃した。

「お、お前ぇ、起きてたのか」

新次は慌てふためき、手の遣り場を探してじたばたした。ふと、雀にまだ礼を言っていなかったことを思い出し、照れ隠しに「いろいろ有難うよ」と頭を撫でると、雀はにっこり笑って言った。

「何の、これしき」

第三章　実さえ花さえ、その葉さえ

一

小さな手が夜空に向かって、結んだり開いたりしている。

留吉《とめきち》の娘はまだよちよち歩きというのに舟の舳先《へさき》に立って背伸びをし、空を見上げてしきりと手を伸ばしていた。

「お梅《うめ》ちゃん、川に落ちたら水神様にさらわれるよ」

そう言って雀《すずめ》が手を添えるのを座敷から見ていたおりんは、お袖《そで》と目が合って微笑《ほほえ》んだ。どうやらお梅は、花火を摑みたくてしようがないらしい。

梅雨が明けた江戸に、夏の訪れを告げる音が響き渡る。

今日、五月二十八日は江戸っ子なら誰もが待ち遠しい両国《りょうごく》の川開きだ。大川は幅も広く、差し渡し四間、長さ九十四間ほどもある両国橋には見物衆が鈴なりになっている。火玉が威勢よく駆け昇ったかと思うと空のすべてを使って花を開き、やがて無数の光になって散ってゆく。そのつど、橋はどよめきで揺れんばかりだ。

なずな屋新次とおりん夫婦は、近くに住む上総屋《かずさや》の隠居六兵衛の招きで涼み舟から見物していた。新次の幼馴染みである大工の留吉一家も相伴に与《あず》かっていて、子供たちも含めると総勢九人が乗り込んだ屋形舟だ。

屋根の下は籐《とう》の網代《あじろ》を敷き詰めた座敷に仕立てられており、料理屋から届いた重箱や珍味の膳が並べられている。日暮れ前から呑み始めていた男たちは、もうほろ酔い加減だ。留吉などはすっかり出来上がっていて、盛んに軽口を叩いては皆を笑わせていた。

お袖が雀に声を掛ける。

「雀坊、有難うよ。お梅は松吉が見るからご馳走をいただきな。ほら松、お前が兄ちゃんだろう、食ってばっかしてねえで、妹の面倒を見ておやり」

松吉は口一杯にお菜を詰め込んだ上にもう一切れ玉子焼を押し込み、もがもが言いながら舳先へと立った。くっつき虫の弟、竹吉も海苔巻を手に後を追う。

「みんな、気をつけるのよ。落っこちないでよ」

おりんは料理を取り分けながら、子供たちに声をかけた。お袖はまだ眉根を寄せている。

「まったく食い気ばっかで、ちったあ雀坊を見習って欲しいものだ」

「食べても食べても足りない年頃なのよ。食の細かった雀だって近頃はお替わりするもの」

「けどさ、松吉の腹は底が抜けてるよ。あっという間にお櫃《ひつ》を空にしてくれるんだから参っちまう。昨日もうちのがさ、お前《め》ぇもも少しでかくなったら、ちゃんの弟子になってみるかと持ちかけたんだよ。そしたら、おいら、板前になりてえとさ」

「まあ、板前さんに」

「板前は食うのが商売じゃねえんだよ、料理屋に奉公して魚や青物を料《りょう》る職人なんだよって言って聞かせたら、じゃあ、おいら料理屋になって板前を雇うよだと」

「松っちゃん、偉いじゃないの。先のこと、ちゃんと自分で考えようとしてるんだもの」

「雀坊こそ感心だよ。そろそろ花師の修業にも本腰を入れるんだろ、新さんも楽しみだあね」

「それがねえ」

おりんが口を開いたその時にまた花火が上がり、二の句は轟音《ごうおん》に吸い込まれてしまった。

雀の行く末を思い、正式になずな屋の弟子にしたいと新次が考えているのはおりんもよく承知していた。しかしおりんは内心、雀はもしかしたら学問の道を進んだ方が良いのではないかと思っている。であれば、家で教える手習い程度では話にならない。しかるべき学者の門を叩かねばならないが、ただ預かっているだけのおりん夫婦はいずれの道をお膳立てするにも躊躇《ちゅうちょ》があった。

新次はともかく父親を見つけるのが先決だと八方手を尽くしているが、栄助が姿を消してもう一年と四月《よつき》は過ぎたというのに、杳《よう》として行方は知れぬままだ。

闇が戻るにつれて、しゃんしゃん、どどんと舟が近づいてきた。粋な芸者衆に三味線や笛、太鼓方まで乗せてそれは賑やかだが、我も我もと員数外の者も乗り込んだのだろう、幇間《たいこもち》などは舟から半身を乗り出して今にもずり落ちそうだ。

こちらの舟を抜きざまに、「いよぉ、お大尽」と派手な声を掛けてきた。留吉は得意げに鼻をひくつかせて徳利を持ち、六兵衛に酌をしながらまた今夜の礼を繰り返した。

「こんな豪勢な舟に乗せていただきやして有難うごぜえやす。橋の上で眺めるのとこうも景色が違うとは、思いも寄りやせんでしたや」

「お前ぇが眺めてんのは酒ばっかじゃねえか、ちったあ見ろよ、花火を」

「だけどよ、新ちゃん、滅多なことじゃ口にできねえ灘《なだ》の酒だぜ、これ。くぅう、こたえられねえなあ。それにしてもご隠居、こちとら公方《くぼう》様のお膝元でやすが、酒だけは下《くだ》り物に限りやすねえ」

「上方は水がよいのでしょうな。江戸で呑んでこんなに旨いのだから、灘の蔵元で呑んだらいかばかりかと思うでしょう」

「へえ、そりゃあもう」

「ところがこの旨さは江戸でしか味わえんのです」

「ほう、いってえどんなからくりで」

「船ですよ。酒を灘から江戸まで運ぶのに下り船を使うでしょう。蔵元で樽に詰められた酒は波に揉まれて海路を下ってくる。その船の揺れが、いい按配に酒を醸成するんだそうですな」

「そいつぁ、恐れ炒り豆だあ。どうりでこの酒の旨ぇこと、ほれ、揺れてる揺れてる」

留吉は、芝居役者のように目を回して見せた。調子づいて身振り手振りで盛んに皆を笑わせていたが、いつのまにか静かになっている。おりんがそっと窺えばくうくうと寝息を立てていて、また笑いを誘った。

「一家揃って口が卑しい上に、不行儀で。わっちはもう穴があったら入りたいよ」

お袖は気を使ってしきりと詫びるが、六兵衛は気を損じた様子は露ほどもなく、今夜も上機嫌だ。通人で知られる六兵衛は花にも造詣が深く、育種《いくしゅ》の腕を磨いた花師である新次とは寄ると触ると花木の話をして飽くことがない。

「近頃は花の下り物も増えてきましたなあ」

「元はといえば京、大坂が育種の先駆でやすから」

「江戸の花師に負けじ劣らじと、巻き返しを図ってきたということでしょうかな。しかし京の植木商の名がついているものの、じつは上方どころかもっと西からも来ているそうですよ」

「もっと西……」

「出島ですよ。阿蘭陀《おらんだ》の商館から珍しい花木を大量に買い込んでいる者がいるとか」

「異国の花だなんて、見当もつきませんねえ」

目尻をほんのり赤くしたおりんが気後れしたように呟くと、新次が半畳《はんじょう》を入れた。

「どっこい、昔からあるんだぜ、異国の花は。梅も牡丹も元はといえば唐から渡ってきたものだし、百日紅《さるすべり》に金木犀《きんもくせい》、木蓮《もくれん》もそうだ」

「まあ、そんなに」

「日本の土や気候に合うように改良されてきたから、もう異国のものとは言えねぇくらいに性質《たち》も馴染んでるがな。しかし今どきの阿蘭陀渡りというと、確かに察しがつきやせんや」

「大きな声では言えませんがな、阿蘭陀の商館を通じているだけで、そのじつは聞いたこともない国からいろいろ入ってきていると聞きますぞ」

「異国にも花師はいるのかねえ。まあ、新さんは花競べで一位の何とかを獲ったんだから、負けるわきゃあないさね」

お袖は妙な負けん気を見せるが、新次は苦笑いをするだけでどうとも答えず、懐手をして夜空を見上げた。その横顔に白絣がすっきりとよく似合っている。ゆうべ遅くまでかかっておりんが縫い上げたものだ。雀や留吉の子供たちの浴衣を先に縫ったので、新次のものがいちばん後回しになってしまった。昨年の秋から贔屓の客が倍ほどに増え、なずな屋は毎日、手と足を取り違えそうなほどの忙しさなのである。

是色連《これしきれん》の花競べの威力は、新次やおりんの想像を遥かに超えるものだった。しかし客からいくら持ち上げられても、新次はただ黙ってやり過ごすだけだ。もともと何かにつけて褒められたいという性分ではないが、近頃では花競べの話を避けるような素振りが見え、時にはぼんやりとして口数の少ない日もあるのがおりんには気懸かりだった。

一筋の川風が流れてきた。売ろ売ろ舟が近づいてきたのだ。おりんは気を取り直して子供たちに水菓子でも買ってやろうと、開け放した障子の中から声をかけた。

「くださいな」

「へえい、蕨餅《わらびもち》に冷やし瓜、風鈴はいかがでぇ」

「まあ、風鈴まであるの」

「今夜は川開きでさ、何でも積んでおりやすよ。団子に金時、金時はまさかかの金魚はいかがでぇ」

金魚と聞いた松吉と竹吉は舳先から飛んでやって来て、おりんの周りに集まった。お梅もよちよちと座敷に入ってくる。

澄んだ隅田川で鯉や白魚《しらうお》を見慣れている雀と違い、深川の長屋暮らしの子供らに金魚飼いは憧れの遊びだ。舟の親爺は子供たちの気をそそるように手桶に入った三匹の金魚を寄越したが、なかなかの値を言うのでお袖は首を振る。母親が反対しているものを買ってやって良いものかおりんが迷っていると、脇からひょいと手が出て銭を渡してしまった。いつのまに起きていたのか、留吉だ。

「ほんに、親馬鹿だねえ」

ぶつぶつ言いながらお袖も満更ではないらしく、手桶の中を子供たちと一緒に目を細めて眺めている。新次は雀を手招きして呼び寄せ、「お前ぇも何か欲しいものはねえか」と尋ねた。

「いいえ、おいらは何も」

「何でえ、子供に遠慮は不似合いだ。甘いものはどうだ」

雀がにっこりしたので、新次は袋詰めの菓子を買ってやった。お梅は金魚よりもやはり花火がよいらしく、また舳先に行こうとしたが、今度はしっかとお袖に抱っこされて腕の中で嫌々をしている。

嬉しげに袋を覗き込んでいた雀は、やがて一粒を取り出した。口に入れずにじっと見ていたかと思うと、その一粒を大切げにつまんで舳先に向かった。

どんっと一段と大きな花火が上がり、光という光が舟にも降り注がんばかりだ。右手を空に向けて差し出している雀の後ろ姿が浮かび上がる。天空の花火と川面に映る光に包まれ、おりんには雀がまるで万華鏡の中にいるかのように見えた。やがてくるりと踵《きびす》を返して座敷に戻ると、お梅のそばにしゃがんで手を取った。

「はい、花火を取ってきたよ」

お梅の丸い掌に雀がそっと置いたのは、赤い金平糖だった。

二

日盛りの苗畠で汗だくになって枝抜きをしている新次と雀のもとに、おりんが井戸で冷やした薄荷《はっか》茶を運んできた。

「何でえ、ちったあ昼寝しねえと夏負けするぜ」

「それがね、店を閉めようと思っても次から次へとお客がいらしてね。今、ようやく途切れたの」

「そうか、そいつぁ生憎だったたな。雀、一休みするか」

「ああい」

振り向いた雀は日灼けして、歯だけが白い。また、背が伸びたような気がする。鼻もまう詰まっていないが、皆からは相変わらず雀と呼ばれている。近頃は新次の手伝いをするのも楽しそうだ。

三人は楠の木蔭にしつらえた床几《しょうぎ》に移り、並んで腰掛けた。新次と雀は盛大に汗を拭いたあと、薄荷茶を二杯ずつ飲んだ。「旨ぇ」と「おいしい」の声が同時に出て、三人は顔を見合わせて笑った。

「これ、お内儀《かみ》さんが育てた薄荷ですね」

「そうよ、水飴も入れて少し甘くしてあるの」

「ご隠居が気に入るはずだな。なずな屋で売り物にしちゃあどうかって、真顔で言っておられたぜ」

「まあ、水飴を入れてみてはどうかと教えてくだすったのはご隠居なのよ。屋台の味が忘れられなくてあれこれやってみたのだけど、どうしてもうまく行かなかったの」

「ご隠居、無事に日光に着かれたでしょうか」

六兵衛は参詣と涼み遊山を兼ねて、日光の滝見に出掛けている。宿では大勢の俳諧仲間と待ち合せて歌仙を巻くとかで、供を二人もつれて賑やかに旅立つのを数日前に見送ったばかりだった。

しかし、おりんには、近頃の六兵衛から何か目に見えないものがひとつ、ぽっかりと消えたような気がしてならなかった。いつもそばにいた孫の辰之助の姿が無いからだろうか。

辰之助は度の過ぎる遊びと奇矯《ききょう》な振る舞いが元で、隠居預けの身であった。ところが昨年の暮れ頃だったか、父親が隠居預けを解くのでそろそろ店に戻るようにと何度も使いを寄越してきて、六兵衛も強くそれを勧めたらしく、辰之助は渋々、日本橋に帰って行ったのである。

大店の若旦那としては商いの修業もさることながら、嫁御を迎えて身を固めても早過ぎることのない年頃だ。両親や番頭としては今度こそ手綱を放すまいと必死なようで、花見の季節を過ぎた頃からは向嶋に顔を見せるのも間遠《まどお》になっている。

おりんは六兵衛の胸の内にあれこれと思いを巡らせていたが、いつのまにか雀のことを考えていた。行方知れずになっている父親が早く見つからねば、なかなか身の振り方を決めてやれない。しかしもし、「お世話になりやした」とあっさり引き取りに来られたら、雀はその日からいなくなってしまう。その時、自分たちはどんな思いで見送るのだろうと思うと、何とも言えない寂しさで胸がふさがった。

「おりん」

新次と雀が両脇から覗き込んでいた。いけない、いけない、自分たちの気持ちはあまり煎じ詰めないようにしよう、ともかく栄助さんの消息を摑むが先決と夫婦で決めたではないか。おりんは懐に手をやって、はたと気づいた。

「私ったら、大事な用を伝え忘れていた」

胸元に差し込んでいた文を取り出し、新次に渡す。真白な奉書紙の包みを開いて目を走らせた新次は、読み終えるとまた包みに戻し、黙ったままおりんに返した。

「藤堂様の御用人《ごようにん》の御遣いと言ってらしたけど」

「ああ、下屋敷のご用のようだ」

「難しいご用なの」

「いや、ご注文を下さるらしい。明後日、下屋敷を訪ねてくるようにと書いてある」

「凄いじゃないの、新さん。お大名家からお声が掛かるなんて」

おりんは飛び上がらんばかりだ。

「巳《み》の刻に伺うと、返事を届けておいてくれないか」

「ええ、さっそく」

ひときわ晴れた声でおりんは請け合って、足早に母屋へ戻っていった。

新次はまだ床几から動く気がせず、足を組み直して考え込んでいた。雀の心配げな目にようやく気づき、威勢よく立ち上がった。

「さ、夕暮れまでにもう一仕事だ。紫式部の様子を見にいくぞ」

「あい」

半日陰にしつらえた畝《うね》の三筋に、紫式部を植えてある。気の早い江戸っ子は、すでに昨秋から予約の注文を入れてきていた。

「花が多いな」

「ということは、実つきがいいということですね」

「実の色が変わる前に鳥除けの紗《しゃ》を掛けるぞ。あいつらはこれが大好物だからな。丸坊主にされちゃ、売り物にならねえ」

「実が熟さないうちは、食べに来ないいんですか」

「そうだ、熟したその日の朝に降りて来る。そりゃあもう見事なほど機を逃さねえ。鳥は賢いぜ、紫式部の名付け親も雀だもんな」

新次が頭をくしゃくしゃと撫でたので、雀は照れたように鼻の脇を搔いた。


二日の後、新次は駒込染井にある藤堂家の下屋敷にいた。

裏門から訪《おとな》いを入れて通されたのは用人専用の接客間で、待つこと半刻《はんとき》は過ぎただろうか。辺りは静まり返って人気《ひとけ》がない。

藤堂和泉守《いずみのかみ》は伊勢津藩三十二万石の大名でこの下屋敷だけでも三万坪の敷地を擁《よう》しているが、庭の普請については新次がかつて修業した霧島屋が代々お出入りの植木商である。

それもそのはず、霧島屋の初代はそもそも藤堂家の露払《つゆはら》いの出であり、江戸随一の植木商になってからも藤堂家と道を隔てて斜向《はすむ》かいの土地から動いていなかった。

新次の気懸かりは、その霧島屋にあった。呼び出し文には花の下命とだけあり、まさか霧島屋を差し置いて庭をいじれということであろうはずもないのだが、まだ店の中が落ち着かぬのだろうか。当主であった治親は「行跡よろしからず」として実家に戻され、八代目には分家から男子を迎えて据えるらしいと六兵衛から聞いていた。

だが、あれほどの大店だ。当主が替わろうがびくともしねえ。庭師、花師は皆、腕利き揃いだ。それに、霧島屋にはお嬢さんがいる。と思った途端、あの秋、共に歩いた隅田川の夕暮れが目に浮かんで、新次はたじろいだ。なぜこう事あるごとにあの日のことを思い出す、近頃の俺はどうかしていると顔をしかめた。

障子が引かれ、雨の音がいきなり部屋に入ってきた。いつのまに降り出していたのだろう、深い軒の向こうでは細かな雨脚が庭の緑を白く煙らせている。

「お待たせし申した」

入ってきたのは壮年の大柄な男だった。新次は平伏する。

「某《それがし》は当家用人を務める稲垣頼母《いながきたのも》である。本日は大儀である」

「向嶋のなずな屋新次でございやす。此度はご用命を賜り、有難う存じます」

「そちは、是色連の花競べで玄妙《げんみょう》を得た花師に相違ないか」

「さようにございます」

新次はまた深く辞儀をした。

「我が殿が噂を聞かれてな、大層感心されておられたぞ。とくに名の付け方に風流を感じられたご様子であった。そこでだ、仲春《ちゅうしゅん》に催す宴の庭をそちに任せよとのご下命である」

「宴の庭でございますか」

「さよう。殿は毎年、二月十五日に大勢の客人を招いて仲春の宴を催されるのを慣わしにされておられる。此度は野遊びの趣向でとの仰せだ。当家には主庭の他に北庭と東庭があるが、宴では東庭を使う。後で案内させよう」

「して、広さはいかほどでありましょうか」

「宴用に作ったものであるので、最も小さい。百坪ほどか」

「百坪……でございますね」

一万坪は優にあると聞く主庭でなくて安堵したのも束の間、百坪の庭を仕立てるなど庭師ではない自分にできるだろうかと不安がよぎった。しかし、否とは決して言えぬのが武家の仕事だ。新次は聞くべきことを聞き、頼母も答えるべきことを的確に答えて仕事の要件を整えた。秋の始まる頃までには趣向の草案を出す段取りまでを決め、初回の打合せを終えた。

新次は、頼母の如才なさに驚いていた。大名家の用人といえば横柄で風雅を解さず、無理難題を吹っかけては袖の下を強いる者が多いと若い頃から耳にしていたせいである。頼母も満足げに茶を啜《すす》った。

「いや、そなたが話の通じやすい御仁で助かった。職人の中には妙に頑固な者がおるのでな。某もなかなか難しいお役目であるのよ。さすが、霧島屋で修業しただけのことはあるの」

「ご存知でございましたか」

「ふむ」

ならば確かめても良いだろうか。この話がなぜ、新興のなずな屋に来たのか。花競べで名が上がったくらいで、縁の深い霧島屋をいきなり差し置くものだろうか。新次の逡巡《しゅんじゅん》を見透かしたように、頼母が言った。

「霧島屋になら遠慮は不要ぞ。主庭と北庭は霧島屋にすべて任せているが、東庭は宴にしか使わぬものでな。腕利きの庭師や花師にも広く機会を与えてやるよう、殿のご仁恵《じんけい》である。むろん、霧島屋には某から筋を通してあるゆえ、安心いたせ」

「有り難きことに存じます」

頼母が席を立ち、しばらくして庭番がやってきて東庭に案内すると言う。渡された傘に藤堂家の蔦紋が入っているのを見て、大きな仕事に巡り合った実感がようやく湧いてきた。様式に則った池泉回遊式の主庭を伝って東へ向かうと、別棟の屋敷が見えてきた。中には能舞台がしつらえてあり、ここで宴が催されるのだと庭番が教えてくれた。

裏木戸を開けて通されたのは、夏草が生《お》うにまかせている庭である。

しかし面白みもある。主庭の池から水の流れを引き込んであること、そして屋敷から見て正面に当たる部分が急な傾斜地になっていることだ。傾斜の向こうは、加賀前田家の中屋敷との間を隔てる高塀である。その塀の上端から平地に向けて、さながら断崖のように土が盛られていた。この傾斜に木々と草花を植え込めば、座敷にいながら山中で寛《くつろ》ぐ気分が味わえるだろう。

雨で光る荒庭を眺めていると、さまざまな思案が面白いほどに溢れてくる。この庭で己の腕を試してみようと、新次は肚の底に力を込めた。

庭番に礼を述べて裏門から外に出ると、雨上がりの空が青く澄み渡っていた。土が湿り、緑の匂いが濃く立ち昇る。冷たい滴が額に落ちて見上げると、練り塀から大きく枝を伸ばした青楓だった。

新次は思わず、振り向いた。飛鳥山《あすかやま》の緑を背負うような霧島屋の大屋根が、黒々と光って見えた。

三

鹿のなめし革の手袋をつけた細い指先が、大切そうに茎を持ち上げた。鋭い棘先《とげ》を鋏で巧妙に切り取ってゆく。螺鈿《らでん》細工の円卓には、棘の三角形がびっしりと散らばっている。侍女は棘の始末を終えた数十本の花を、青磁《せいじ》の壺に生け始めた。

幾重にも巻いた花びらは薄緑を帯びた白で、強い香りは中庭に向けて開け放したこの離れの中をさえ圧倒している。

窓際に置かれた唐物の椅子に坐って見ていたお豪《ごう》が、ゆっくりと立ち上がった。青い着物に水色の縞絽《しまろ》の打掛《うちかけ》を重ねており、蟬の羽が動いているようだ。侍女に二言ほど生け方を命じ、また椅子に戻って腰掛ける。その横並びに置かれた椅子には、娘の理世が掛けていた。二人とも花が生けられる様子を真正面にしており、互いに目を合わさない。

「それで？」

お豪が問うた。童女のように澄んだ声が、天井の高い板間に響く。

「それはもうお断り申したはずです。婿を迎えるのは金輪際、ご免蒙ります」

「婿を取れとは申しておらぬ。八代目殿は分家の出でありながら当主のお役目を恙無く務めておられるのだ。そなたは気を安んじて嫁《か》すれば良い。本多の殿様はな、邸を新たに普請してそなたを迎えようと言っておられるそうな。さような厚遇を受けるお部屋様なぞ、あるものではないぞ」

「私は花師をやめませぬ」

「理世」

「はい」

「治親どのは哀れであったよのう。そなたに嫌われ抜いて生家に戻され、今や久本家厄介の身の上だ。天下の霧島屋の当主であった者がすんなり離縁を承諾したのは、いったい誰が働いてのことだとお思いか」

昨秋まで、江戸では唐橘《からたちばな》の鉢が大流行していた。しかしその姿を愛でて楽しむというよりも、今日買った鉢が明日は倍になって売れるという噂が噂を呼び、江戸中が投機の熱に浮かされたのだ。その流行を仕組んで私腹を肥やしていたのが、理世の夫であった久本治親である。

公儀《おかみ》の詮議が入る前に事を収めたから咎めを受けずに済んだものの、じつのところを奉行所の誰一人知らぬというはずがない。霧島屋が江戸城お出入りの植木商で、公方様の覚えもめでたいがゆえのお目こぼしがあったのではないかと理世は察していた。

にもかかわらず治親は白々と言い逃れを続け、離縁にも不承不承の体《てい》を作って莫大な離縁金まで要求した。お豪は、そんな娘婿の肩を持ち続けたのだ。治親と縁戚であるがゆえの情ではあるまい、己の与り知らぬところで事が動いたのが気に入らぬだけだろう。

父、伊兵衛政澄は妻に露ほども逆らわない男であったが、さすがに霧島屋の屋台骨を揺るがしかねぬ大事であっただけに理世と大番頭の説得を受け入れた。お豪はそれに激怒して夫と三月《みつき》も口をきかなかったというのに、今ではすべてを自らの手柄と言って憚らない。そしてまた、理世の縁組を是が非でも進めようとしていた。

「母上。私にもうお構いくださいますな」

「そなた……」

射抜くように自分を見つめている母に、理世はゆっくりと眼差しを合わせた。

細く長い目許に鼻は目立たず、唇は不釣合いなほど厚い。美しいとも醜いともつかぬ容貌だが、豪奢な雰囲気をまとって傲岸不遜《ごうがんふそん》に振る舞うお豪に接すると、ある者は落ち着きを失い、ある者は陰で眉をひそめたが、時に夢中になる者があった。母屋と渡り廊下でつながっているだけのこの離れには、名の知れた役者や連歌師、絵師らが夜ごと訪れては歌舞音曲に興じている。

「なずな屋とやらがさほどに良いのか」

理世は肌が粟立《あわだ》った。新次との仲を執拗に勘繰っていた治親が、母に言挙《ことあ》げしたに違いない。

「ならば治親どのを離縁せずとも、ひそかに情夫《いろ》にするが良かったのだ。うまく遊べば良い。今どき、密通ごときで刀を振り回す夫などおるものか」

「さような者ではありませぬ。れっきとした妻も子もある身の上です」

「どこで知り合った」

「相弟子《あいでし》でした。若い頃、共に花師の修業をしただけの者です」

言いながら、理世は自らが口にした言葉の虚ろにたじろいだ。

嘘だ。秋に新次と再び会って後、始末をつけていたはずの気持ちが甦《よみがえ》り、前よりも強くなって抑えきれない。もう一目だけ会いたい、声を聞きたいと思いがつのり、駆け出しそうになる時がある。新次が霧島屋を去った時でさえ誰にも悟られぬように振る舞えたのに、まさか今になってこれほど苦しむとは思いも寄らないことだった。

「聞けば、なずな屋とやらは是色連の花競べで一位の玄妙を頂戴したというではないか。恩義のある霧島屋を足蹴にしてみせるとは、なかなかの者よ。気に入った」

呆然とする理世を尻目にお豪は立ち上がって円卓に近づき、八割がた花が入った壺の周りをゆっくりと検分し始めた。侍女は目を伏せて控えている。お豪はくすくすと笑いながら、囁くように言った。

「欲しければ、奪うがよいのに」

ぱさりと、青い袖が舞う。お豪が壺から花の束を引き抜いたのだ。しかし毛筋ほども顔色を変えない侍女は床に投げ出された花を一本一本拾い集め、また平然と生け始めた。動揺を悟られまいと必死で堪えねばならないのは、理世だった。

「母上、それは庚申薔薇《こうしんばら》ではありませんね」

やっとの思いで話を逸らせた理世にお豪は我が意を得たりとばかりに口の端を上げ、壺からまた一本を抜き取った。

「これはな、らうざだ」

「らうざ……」

「庚申薔薇は凡庸だ。御殿女中のように仰々しいだけで、品がない。あれでは椿に位負けするのも無理はない。可愛《かわゆ》いだけの野茨《のいばら》もつまらぬわ。風が吹いたくらいでああも易々と散るようでは、誰に愛でられる暇《いとま》もないではないか。だが、このらうざを見よ。花びらが十重二十重《とえはたえ》に巻いて、あだやおろそかには花芯を見せぬ。この美しさにして棘は鋭く、並みの者には気安く手折《たお》ることすら許さぬ。誰にもおもねらず、天に向かって咲き誇る」

植木商という商いを蔑んでいるにもかかわらず伊藤家の名声と財は望むがままにしてきた母しか知らぬ理世は、精一杯の皮肉を込めて切り返した。

「随分とお詳しい。母上はいつから花師になられたのです」

「こんなもの、土にまみれずとも知恵さえあればどうとでもなるわ」

「いったい、何を企んでおられる」

「人聞きの悪いことを申すでない。そなたの恋しい男のために、和泉守様にご推挙申し上げてやっただけだ。仲春の宴の庭をお任せなさってはどうかとな。どうじゃ、嬉しかろう、なずな屋の檜舞台じゃ」

「仲春の宴を」

理世はきっと唇を噛み、お豪を睨《ね》めつけた。が、返ってきたのは嬉しくて堪らぬような高笑いだった。

「おお、おお、その目だ。そなたはその強い目をする時が最も美しい。褒美にいいことを教えてやろう。なずな屋の夫婦に子はない、他人の子を預かっているだけだ」

「なにゆえ、さようなことを調べられた」

「ふん、何でもお見通しだわ。田舎臭い実ものに花競べで負けてやるだけでも業腹というに、その男が恋しゅうてそなたが腑抜けておることもな。挙句の果てが尻尾を巻いて、江戸から逃げ出すつもりであろう」

「逃げるのではありませぬ」

「いいや、逃げるのだ。我が娘ともあろう者が、何たる無様っ」

目の前で白い花びらが舞ったかと思うと、鋭い痛みが片頰に走った。お豪が手にしたらうざが理世を打ったのだ。棘が残っていたのか、血の匂いが立つ。しかし理世は頰に手をやることもせず、お豪に向かって低く叫んだ。

「いかな母上でも、あの店に手を出したら承知しませんぞ」

「ならば、そなた自身で弓を引け。できぬというなら、この縁談、受けてもらう」

そう言いながら、お豪は掌中にあったらうざを用済みとばかりに足元へ打ち捨てた。

「それも否と言うなら、私の好きにする。この私を踏みつけにすればいかなる仕儀に遭おうか、見物よの」

お豪は片眉を上げて、微笑んでいる。観世音菩薩《かんぜおんぼさつ》が凄んで見せたらこんな顔かもしれないと、理世は思った。

四

縫い物をしていたおりんは、手暗がりになって針をしまうことにした。

「日暮れが早くなったこと」

端切れを丸めながら、ひとり、溜息をつく。新次も雀もまだ苗畠から戻らない。藤堂家の庭に植える花木と草花の準備に、毎日、忙しなく動いている。店は手伝いの小僧とおりんで引き受けていたが、このところ、急に客足が減っていた。何よりも腑に落ちないのは、夏の盛りから今か今かの催促だった紫式部が一向に売れぬことだ。予約した客の半数も引き取りに来ない。

新次は意に介さぬ様子で「なあに、売れ残ったら鳥たちに馳走してやるさ」と笑っているが、近頃は値の張る種苗を仕入れることも重なっておりんは資金繰りに頭が痛い。藤堂家の庭を仕立てるのに、なずな屋が持っていない稀少種を方々の植木商や花師から買い受けて育てているのだ。

「おりんさん、いるかい」

慌ただしい声がしたかと思うと、お袖が縁側から居間に入ってきた。重そうな包みを二つ、両脇に抱えている。

「おや、珍しい、一人なの」

「こんな時間にご免よ。ちょいと近くまで来たものだから届けようと思って、はい、これ」

お袖が音を立てて置いた包みには、紅白の餅がたくさん入っていた。

「お施主が棟上げ祝いで配ったものでね、硬くならねえうちに雀にも食べさせたいと思って」

「有難う。大喜びするわ」

「いつもうちの子供たちが面倒見てもらってるからねえ、今日もついてきたがるといけねえから内緒にして、長屋の女房《かみ》さんたちに預けてきたのさ」

「久しぶりじゃないの。一緒にご飯を食べられると良かったのに」

「両手にこの荷物だろ、子供の手を引けねえもの」

「留さんは」

杯をくいっと呷《あお》る手振りをして、お袖は目を回して見せた。おりんは吹き出す。

「振る舞い酒ね」

「今頃、また寝ちまってるんじゃないのかね、からきし弱ぇのに好きなんだから。ところで、忙しいところをすまないんだけど、これを新さんに見てもらえないだろうか」

もうひとつの包みから出てきたのは、小振りな鉢植えだった。

「うちの長屋の差配《さはい》が花好きらしくてねえ。でも下手の横好きじゃないのかね、ほら、枯れかかっちまってるだろ。紫式部のなずな屋新次はおいらの一の友達よなんて、うちのがさんざ吹いてたのを小耳にはさんだみたいでさ、持って来ちまったんだよ」

おりんは首を傾げた。こんなになるなんて、一体、どんな手入れをしたのだろう。それにしても実が少ないし、色まで薄い。おりんは小僧に言って新次を呼びに行かせた。もう仕事を仕舞いかけていたのだろう、さほど時をおかずに雀を伴って帰ってきた新次は長火鉢の前に腰を下ろし、煙管で一服してから鉢植えを手に取った。

おりんは熱い焙じ茶を淹れ替えて、お袖と新次に出す。

「お前さん、この紫式部、うちで売ったものだと思えないのだけど」

「ああ、うちで売ったものじゃねぇし、こいつぁ、紫式部じゃねぇ」

お袖が目を剝いた。

「え、違うってえ、どういうことだい、新さん」

「恐らく、人が作出したもんだ。実の色やつき方が違う」

「何てこった、紫式部だと言うから預かってきたのに」

「これ、どこで買ったんだ」

「棒手振りからだと聞いたけど、てっきりここが卸してるのだとばっかり」

「紫式部は卸しをしてないのよ。予約の分を用意するだけで手一杯になってしまって」

しかし、その予約注文の品がさっぱり捌けないのだ。小間で着替えをすませた雀も傍らに坐って鉢を覗き込み、遠慮がちに言った。

「親方、これ、乾燥に弱いみたいですね」

「そうだな。たぶん紫式部ほど大きくならねぇように矮小種《わいしょうしゅ》に仕立てたんだろう。その分、性質がやわになっている」

「それにしても、どういうことなのかしら。去年の花競べで見て作ったということ？」

「いや、そうじゃねえだろう。こいつを作るのに、一年や二年じゃ無理だ」

「ということは、名を騙《かた》っている……ということですね」

「お袖、これはともかく預かって世話ぁしてみるから、持ち主には安堵するように言ってやりな。しゃんとしたら深川に届けるから」

「おかたじけだねえ、厄介なもんを持ち込んで」

思わぬ成り行きにお袖は気を揉んでいたが、日がとっぷりと暮れているのに気づいて慌てて立ち上がった。

「ともかく、差配さんに聞いてみて、何かわかったら知らせるよ」

お袖が飛ぶように出て行ったあと、三人は言葉もなく鉢を囲んでいた。

新次は心当たりの植木屋や種苗屋に出向いて問い合わせてみたが、どの店もなずな屋が卸している紫式部だと思い込んでいた。現物を見ていない者には、それが似て非なる物だとわかる道理もない。

花を商う者にとって品種違いは最も恥ずべきことと心得ている店の主《あるじ》は顔を曇らせ、「こちらでも調べを入れてみやしょう」と親身に言ってくれた。紫式部だと思い込んでそれを求める客に対して、申し訳ないと考える新次の心がわかるからだ。しかし人によっては「飛ぶ鳥を落とす勢いのお前さんのことだ、なに、さほど案ずることでもねえよ」と軽く受け流す者も少なくなかった。同業仲間の中には新次が是色連に名を連ねたことを喜んでくれる者ばかりでないことは承知していたが、気安い間柄だった者にまでちくりと肚の底を見せられると、もうそれ以上は口を開く気になれなかった。

紫式部の名を騙って商う者のことは突き止められないまま、徒《いたず》らに時が過ぎた。留吉が一人の男を引っ立てるようにやって来たのは、秋も深まりきった日の昼下がりだった。ちょうど新次は居間で、藤堂家の庭の絵図を描いていた。

「新ちゃん、こいつだ、こいつが名前《なめ》ぇ泥棒だ」

縁側から尋常でない声を出して留吉が突き出した男のことを、新次は最初、わからなかった。顎の先が尖り、顔もくすんで土気色だ。しかし留吉の声を聞いて台所から小走りに出てきたおりんはその男を見て、手にしていた木杓子を取り落とした。

「栄助さん……」

「えっ、し、知り合いかよ」

新次は目を凝らして男の顔を確かめ、低い声でおりんに言う。

「雀をつれてご隠居の所に行け。今のこいつには会わせられねえ」

栄助の様子に不穏なものを感じるのは、おりんも同じだった。すぐに前垂れをはずして、裏の苗畠へと走った。留吉は呆気にとられている。

「こいつはな、雀……しゅん吉の父親だ」

「あの、行方知れずになっていた？」

「すまねえが、込み入った話もある。今日のところは」

「あ、ああ、もちろんだよ、新ちゃん。俺も普請場を抜けて来たんだ。一服してたら、こいつが抜け抜けと紫式部を売りにきやがったもんだからよぉ。番屋に突き出されたくねぇならついて来いと、首根っこを掴んで引き摺ってきたんだ」

「世話ぁかけたな」

新次が頭を下げたので留吉は神妙な面持ちで声を落とし、「何かあったら加勢するからよ、すぐに使いを寄こしなよ」と言い残して帰って行った。

長火鉢にかかった鉄瓶が、細い湯気を立てている。

「そこじゃあ人の目もある。こっちへ上がってくんな」

栄助は履き物を脱ぐと、荒々しい音を立てて坐った。

「お前ぇの十日は、随分長ぇんだな」

栄助は居直るように、新次から顔を背けた。

「方々、捜した。人に頼んで、行き倒れの名前ぇまで調べたぜ」

大きなお世話だと言わぬばかりに、栄助は両肩を上げて首を回した。

「しゅん吉は元気だ。俺の手伝いもよくやってくれている」

ようやく申し開きをする気になったのか、栄助はさも大儀そうに口の中で淀んだ声を吐いた。

「上州でちょいとした儲け話がありやしてね。それで金を作るはずが、当てがはずれたんでさ」

「手前ぇ、まさかただ金に詰まってあの子を引き取りに来なかったというんじゃねえだろうな。あいつの身にもなってやれ」

「へ、どうせ、こんな不甲斐無い父親のことなんぞ恋しがってやいなかったでしょう」

「今、何をしている」

栄助はまた黙り込んだが、新次は答えを待つ気は無かった。

「紫式部と言ってお前ぇが売っているのは、あれは作出物だな。育種をしたのはお前なのか」

栄助は初めて顔を上げ、挑むような目つきを新次に向けた。

「言っときやすが、あれの原種は紫重実《むらさきしきみ》じゃありやせんぜ。山の麓《ふもと》に行きゃあ、名も知れねぇ紫重実の仲間なんぞわんさとおりまさ」

「いつから、あれを作っていた」

「五年かかりやした」

ということは、なずな屋に出入りしていた頃には既に手掛けていたことになる。そうか、それで何かと俺に尋ねに来ていたのだ。しかしただの一度も、己が手掛けている物については口にしなかった。

「それほど時をかけたものを、なぜ」

「何が、なぜなんです」

花師にとって手間暇かけて作り上げた新種は、唯一無二のものだ。既にある品種の名を騙るなど、己の仕事を自らの手で葬るようなものではないか。新次はこみ上げてくる怒りを押し戻すように、煙管を手に取って刻みを詰めた。栄助が唸り声を洩らした。

「売れねえからですよ。あっしがつけた名じゃあ、誰も見向きもしねえからだ。あっしは何がなんでも花師になりたかった。だが棒手振りをしながら百姓の畠の隅で細々と育てていたんじゃあ、とても埒が明かねえ。それでまとまった金を作ろうと虎の子を持ち出しやした」

しかし育種に専念したい一心で乗った儲け話に逃げられ、結局、畠を借りていた百姓の手伝いをしながら育種を続けたのだと栄助は語った。

「あっしはね、原種よりも小振りで、長屋の軒先でも気軽に眺められるものをどうしても作りたかった」

「その通りにできたじゃねえか」

「できやしたとも。だから去年の秋、是色連の花競べに出しやした」

もしかしたら。新次には、その後の顚末が透けて見えたような気がした。栄助は口元を歪め、居直ったように喋り始めた。

「ですが、評定《ひょうじょう》も受けることができやせんでした。なずな屋さんのように後ろ盾がない者は、出しても無駄骨の花競べだったとは知りやせんでした。世間知らずをお笑いくだせえ」

栄助はそう言い、ひっと肩を揺すって笑い声を立てた。

「ところが、驚かされるじゃありやせんか、玄妙を勝ち取ったのは何も手を加えてねえ、ただ、山から持ってきただけの紫重実ですぜ。そんなものが、名花名木に加わるだとう。じゃあ、俺の苦労は何だったんだ」

新次は口に当てかけた煙管の吸い口を離した。

「だから紫式部の名をつけて売ったとでも言いてえのか」

「違いやすよ。俺が自分から言ったわけじゃねえ、最初は客が勝手に間違えたんでさ。花競べで有名になる前は見向きもしなかった種苗屋も、盛んに扱わせてくれと擦り寄ってきやした」

「しかし、違うものは違う。あれは紫式部じゃねえ。乾燥に弱ぇし、実つきも違う」

「そう、色も浅いし、年を追うごとに木の勢いもなくなってくる。そんなこたぁ、生みの親であるあっしがよく承知してまさ。でもね、なずな屋さん、それで客が喜ぶんだからいいじゃありやせんか。みな、紫式部だと思いたがっている。ここで買うより三割がた安く手に入って、ちょいと楽しめりゃあ、それで満足なんだ。誰も後生大事《でえじ》に家の宝にしようと思ってるわけじゃねえ。だから俺はこう思うことにしたんだ。ばれねえ嘘は、嘘じゃねえってね」

「恥を知れ」

しかし栄助は、白けた顔で毒づいた。

「あんたに言われたかねえな。昔の女の伝《つて》で花競べに出たんだろうが」

「何だと」

「世間じゃもう、格好の噂ですぜ。霧島屋の娘が気に染まねえ亭主を追い出しちまいたくて、情夫を使って仕組んだんだとね」

新次は栄助の胸座《むなぐら》を鷲摑みにし、拳を上げていた。居直った栄助は滅茶苦茶に頭を振り、わめき続けている。こいつはこんなに卑しい口をきく男だったのかと情けないような思いが差し、突き放した。

なずな屋に出入りしていた頃は余りの熱心にほだされて、手が放せぬ最中でも相手をした。我流で花を育てていると聞けば加勢してやりたくなって、厳しい修業の中で自ら摑むべき工夫も栄助には教えた。人に出遅れ、道をはずれた者の役に立てれば良いと肩を貸したつもりになっていたのは独り合点だったのか。

「あっしも、あんたみたいな男振りに生まれてきたかったねえ。だったら、もっと楽に世間を渡って来られただろうによ」

栄助は後ろ手をついたまま、新次を真っ向から見据えた。

「花師としてのあんたを、敬った時もあったよ。だが今は違う。同じ土俵に上がったんだ、もう何も言わせねえ」

「なら勝手にするがいい。だが、今のお前ぇにしゅん吉は返さねえ」

「そいつぁ、願ったりかなったりだ。どうせ俺の子かどうか、わかったもんじゃねえ」

「手前ぇという奴は、どこまで」

「そういう女だったんでさ、あいつの母親は」

「もういい、帰ぇれ。お前ぇと話してると、こっちがどうかしちまいそうだ。ただしこれだけは言っておく。紫式部って名はな、しゅん吉が考えてつけたもんだ」

栄助は口をあんぐりと開けて新次を見ていたが、薄笑いを浮かべて言い捨てた。

「なら、遠慮なく使わせていただきやしょうかね。子が作ったもんを親が使うのに、いちいち断わらにゃならねえ道理もなし。じゃ、これで御免蒙りますぜ。あっしも近頃は忙しいんでさ」

鼻を鳴らして栄助が腰を上げた時、玄関から六兵衛が入ってきた。

「ご隠居」

「お邪魔しますよ」

六兵衛は栄助に一瞥もくれず、新次に二つ折りにした紙をそっと差し出した。

「これを雀坊から預かってきました」

「雀から？」

「どうやら、畠から見ていたらしいんですよ。父親の姿を」

六兵衛が言うには、それで父親が紫式部の騙りにかかわっているのではないかと察しをつけてしまったという。もしかしたら、留吉が大声で呼ばわった「名前ぇ泥棒」を耳にしたのかもしれない。雀はしばらく黙りこくって何かを考えていたかと思うと六兵衛に矢立《やたて》の筆と紙を貸して欲しいと頼み、書いたものを託したのだ。

新次が紙を開くと、平仮名で四つの文字が書いてあった。新次は黙ってそれを栄助に渡した。渋々それを開き、間の抜けたうろ声で読み上げる。

「こしきぶ……。へ、何のこってぇ」

「歌人の小式部内侍《こしきぶのないし》にちなんだものでしょうな。お前さんの作った木はさほど大きくならず、実も小さいというではありませんか。その品種にそぐう名をしゅん吉は考えたのですよ。その木を真っ当なものにするために」

六兵衛は穏やかに話を続ける。

「あんなに賢い子供は、そういるものじゃありません。どうです、あの子の行く末をこの上総屋六兵衛に任せてもらえますまいか。決して悪いようにはいたしません」

「ご隠居、何をおっしゃるんで」

身を乗り出した新次を六兵衛は目で制し、

「なずな屋さん、それで此度の一件を収めることにしませんか」

と言って、栄助の前に膝を詰めた。

「言っておきますが、お前さんのお蔭でなずな屋さんは大変な損害を蒙っているのですぞ。町方《まちかた》に訴えて出られたら、お前さんはお白洲で何の申し開きもできぬ身だ。子供の面倒を見てもらってきた恩人相手に、よくもかような真似ができたもんです。人の道を踏み外すこと、甚だしい」

その声の厳しさに、栄助の身がびくりとすくんだ。

「誰しも、思い通りになることなど十に一つもありません。腕に覚えがあるのなら、なおのこと精進なされ。紫式部でないものをそうと騙って売り続ければ、お前さんの手は後ろに回るんですぞ。そうなる前に子に救われたのだから、よほどの果報者ではありませんか」

栄助は泣き笑いのような顔をして、よろりと立ち上がった。

「これで、よっくわかったよ。あいつはやっぱし俺の子なんかじゃねえ。いつもいつも俺をじっと見やがって。母親そっくりだ、いつも俺を意気地無しだと責めやがる。鬱陶《うっとう》しいんだよ、どいつもこいつも。そこのご隠居さん、しゅん吉がそんなにお気に召したんなら、どうぞ煮て喰おうが焼いて喰おうが好きになせえ」

「では、そうさせていただこう。その代わり、お前さんは向後《こうご》、一切、紫式部の名を使わぬこと。よろしいな」

栄助は返事もせぬまま顎を逸らし、立ち上がった。足を摺るようにして出て行く背に向かって、新次は鋭い声を放った。

「これからも、花師として生きていくつもりなんだな」

背を見せたまま、栄助が棒立ちになった。

「だったら、お前ぇに言おう。いいか、あのひ弱な木のことはすっぱりあきらめろ。今の弱さのままじゃあ、いずれ世間から打ち捨てられる。代わりに、真っ当な小式部を売り出すんだ」

栄助の半身が微かに傾ぐ。

「わからねぇか。手を加える前の、強い原種に小式部の名をつけて売り出すんだ。紫式部の仲間だと銘打てば、きっと花好きの目に留ま」

振り向いた栄助が、新次の言葉を遮った。

「よくもよくも気安く、これまでの苦労を捨てろと言ってくれるな。俺がこれまで、どんな思いで」

「己の技量を示すために原種より性質が劣るものを作って、そこに花師の義はあるのか。自然の理《ことわり》を呑み込まねぇまま、滅多やたらと育種に手を出すんじゃねえ」

新次を睨み返す栄助の目の周りが、禍々しいほど黒く染まっていく。しかしそのまま口を開くことはなく、逃げるように縁側から出て行ってしまった。

新次は苦い思いを嚥《の》み下すと、六兵衛に向かって深々と頭を下げた。

「ご厄介をお掛けしやした。あんな男じゃなかったんですが……いえ、あっしの目が鈍《なまく》らだったに違ぇありやせん」

「暗い心に知恵は貸し損と言いますがな、さて、あの男はどうでしょうな。親を思う我が子の気持ちに、なずな屋さんが同じ花師として真っ向から伝えようとした気持ちに、向き合っていけるかどうか」

しかし栄助は、もはや根腐れを起こしているかもしれない。そう思うと、新次は無性に雀が不憫《ふびん》になった。

「あの男の出方によっては養子縁組の話にも持っていけたでしょうが、雀坊の気持ちを考えるとあまり無茶はしたくありませんでな」

「いえ、もう充分のことをしていただきやした。ご隠居のお名まで出していただきやして勿体ないことです。こういう形であったにせよ、お蔭をもってともかく身柄を引き受けることはできました。これで当人とも、先々の話をしていけます。まあ、何が雀のためになるのか、そう簡単には決められねぇことですが」

「まことに。人の一生の吉凶は糾《あざな》える縄の如しとは、よく言ったもんです。因果な親を持てばこそ、雀坊もこうしてなずな屋さんと巡り合えた。何が吉となり何が災いとなるか、あの世からお迎えが来るまで生き抜いてみなければわからぬこと。……さあて、そろそろ辰之助がおりんさんと雀坊を送ってくるはずですぞ。あいにく、その足で日本橋に帰ってしまうらしいのですが」

「若旦那がおいでだったんですか」

「久方ぶりに顔を見せていたんですよ。商いの用で上方に上っていたとかでね」

二人で煙管を遣って待っていると、四半刻《しはんとき》ほどしておりんが玄関から新次を呼ぶ声がした。六兵衛と共に玄関先に出ると、辰之助が混ぜ垣の向こうから手を振っている。

雀が何とも言えない顔で、新次と六兵衛に頭を下げた。身が縮んで見える。可哀想に、子供にこんな真似をさせてと、いったん収めた怒りがまたぶり返しそうになったが、辰之助の声で辺りが明るくなった。

「新さん、ご無沙汰ねえ。もっと遊びに来たいのにさ、上総屋って店はもう人使いが荒いの何の」

「お前さん、若旦那にたくさんお土産をいただいたのよ」

「そいつぁ申し訳ねぇことで。有難うごぜぇやす。またゆっくりお越しくだせえ」

「あいよ、またね」

手をひらひらさせて去っていく辰之助の姿は少しも変わらず、どう転んでも大店の旦那修業に励む身には見えない。おりんと雀は名残り惜しいのだろう、舟の渡し場まで送って行くと言う。新次は三人の後ろ姿を見やりながら、はたと思い当たった。

「ご隠居、もしや小式部の名は、若旦那のお知恵じゃあ」

「は、さあて、近頃は耳まで遠くなってしまいましてな」

六兵衛は、にっと笑った。

五

おりんは、この冬ほど暖かい冬を知らないと思っていた。

日のある間は懸命に働いて、日が暮れたら三人で夕餉を囲み、あとは置炬燵《おきごたつ》に入ってそれぞれが好きなことをして過ごす。新次が燗酒の猪口を手にしながら仕事の思案にふける時は、おりんは針を、雀は筆を持った。時には一緒に草双紙を読んだり、花の名前の尻取りで遊びもした。しんしんと雪が降り積む夜でさえ、三人で過ごしていれば暖かかった。

雀の父親が現れてのち、新次とおりんは正式な弟子として修業してみないかと雀に話すつもりでいたが、父親のしたことで変に気を回して奉公を始められても、それはおりんたちの本意ではない。今もそれに等しいことはしているし、結局はしばらくこのままでいようと新次と決めた。

ところが何を言われずとも、雀自身が遊びと仕事のけじめをつけ始めた。手のすいた時におりんから指南を受けていた手習いも辞退して、毎日、夜になってから苗畠で学んだことを書き留めている。不器用ながらも、懸命に新次について行こうとしていた。

年が明け、新しい春が訪れた。陽射しが日ごとに伸び、藤堂家で催される仲春の宴も間近となっている。庭を仕立てる用意は万端、すべて調っていた。いよいよ大詰めだ。明日からすべての花木と草花を東庭に運び込み、植え付けを始める。

新次が考えた風景の骨格は、初めて藤堂家の下屋敷を訪れた時に浮かんだものとほとんど変わっていない。草案と共に二百両を超える掛かりも快諾されたのだ、見る人が見て恥じないものにしようと、細部をさらに練り上げていた。

植え付けの作業には気心の知れた植木屋から若手の職人たちを臨時で雇い入れ、新次自身は藤堂家の近くにある王子《おうじ》稲荷《いなり》の旅籠《はたご》に泊り込むことになった。向嶋から染井まで、毎日通うには距離がある。まして誰よりも早く現場に出て動き、誰よりも遅く残って進捗《しんちょく》を確かめたい新次の気の入れようをおりんが呑み込んでいて、少しでも身体を休められるようにと手配してくれたのだ。

雀もついてきたそうだったが、職人たちの手前、まだ腕のない子供をうろうろさせるわけにはいかない。なずな屋から荷を出す時に積み残しがないよう、帳面を繰る仕事を言いつけた。

翌朝、新次は夜明けと同時になずな屋を出た。藤堂家に先に入って荷を受けるためである。おりんが用意しておいた印半纏《しるしばんてん》には、薺《なずな》を含む春の七草の崩し紋が染め抜かれていた。

「行っつくる」

隅田川沿いまで見送りに出た二人にそれだけを短く言うと、新次は舟に乗り込んだ。肌を刺す冷たい風が川面を波立たせている。

振り向くと、青葦《あおあし》の向こうでおりんと雀が懸命に手を振っていた。

無事に荷を運び終えたその日の夜、王子稲荷の参詣道界隈で職人たちに酒を振る舞い、明日からの段取りも念入りに済ませて旅籠に帰ると、頰の赤い茶汲みの娘が「客が来ている」と言った。

思い当たる節もなく、首を傾げながら階段を上がると下から「茶はいるだかね」と気を回してくれたので、「ああ、頼む」と言いおいて廊下を突き当たりまで進んだ。

ここは遠方から参詣にくる客のための旅籠だが、今は時期はずれで人気《ひとけ》がない。手焙りも頼むんだったなと思いながら部屋の破れ襖を引くと、薄暗がりの中にぼんやりと行灯の灯りだけが揺れていた。

目を凝らして狭い部屋の中を見渡すと、襖の脇で衣擦れの音がする。新次は息を呑み、後ろ手で襖を閉めた。ゆっくり辞儀をして顔を上げたのは、理世だった。

「お嬢さん」

「すまない、勝手に通してもらった」

「い、いえ」

声が喉に絡まって掠れ、新次は頭に手をやったまま立ち尽くしていたが、ようやく落ち着きを取り戻した目に畳の大きな染みが映った。ただ眠って身体を休めるためだけに泊り込んだ安旅籠で仕方がないが、座布団の一枚もない。

新次は勢い良く印半纏を脱ぎ、尻端折りを解いて裾を払いながら理世に声を掛けた。

「出やしょう、ここではいくら何でも」

「いや、この辺りは顔見知りも多いゆえ、ここの方が有難い。すまない」

「そうですか」

廊下で物音がしたので襖を開けてみると、欠け茶碗が二つ、茶盆に載せて置かれていた。盆を入れて襖を閉め、正坐した。

理世との間に盆ごと置く。髪を櫛《くしま》巻きにした理世は袴をつけておらず、黒い着物に低く結んだ白帯だけが明るい。新次は思い切って屈託のない声を作り、聞いてみた。

「俺がここにいることを、どうやってお知りになりやした」

「今日、和泉守様の庭に仕事に入ったであろう。それで知った」

新次は小さく頷いたが、今度は理世が張り詰めた声で尋ねた。

「ところで、お前の子供は息災か」

「え、ええ」

「そうか、良かった」

理世が細い息をついた。

「うちの者が何かご心配をお掛けするようなことを？　もしや、父親が霧島屋さんにご迷惑を掛けたんじゃねえでしょうね。栄助という野郎です」

「お前たち夫婦の子ではないのか」

「預かっている子です。まあ、俺たちは勝手に親代わりの気持ちを固めておりますが」

「そうか、まことだったんだな」

「何がです」

「いや、無事なら良かった、すまない」

「お嬢さん、さっきから詫びてばかりだ」

新次は苦笑いをして足を崩し、茶碗を口にした。出涸《でが》らしだった。

「すまぬ」

理世がまた詫びたので、今度は声を挙げて笑った。しかし理世は時を惜しむかのように、口早に尋ねる。

「東庭はどのような仕立てにした。聞かせてはくれまいか」

理世は強い目をしていた。昔のままだ。そう思うと、自分が初めて手掛けた庭に理世がどんな反応を示すのか、新次は無性に確かめたくなった。

「あの庭の高塀沿いに、盛土《もりど》がしてあるのをご存知ですか」

「知っている、座敷からは真正面になる」

「そうです、あそこを山の斜面に見立てて……」

斜面にはひときわ枝振りの良い山桜と冬青《そよご》、辛夷《こぶし》を角度をつけて植え、座敷からの主景を作る。根締めには谷空木《たにうつぎ》や深山躑躅《みやまつつじ》、駒繋《こまつなぎ》などの低木を植える。平地部分には春野を表わす菫《すみれ》や貝母百合《ばいもゆり》などの草花を一面に植え、土肌の見える処はすべて葉ものか苔で埋めていく。さらに主庭の池から引き込まれた流れを小川に見立て、座敷からそのまま下りて散策できるように小径をつける。

「空木や躑躅、駒繋、菫……もしや、蝶を招く趣向か」

図星だった。屋敷の中の庭で野遊びをするとなれば、土と緑と花だけでは不足である。そこに舞う蝶がいてこそ、長閑《のどか》な春野になるはずだと新次は考えた。そこで、蝶が好んで訪れる花木や草花を選んで加えた。

「憶えていやすか、大徳寺様の睡蓮を」

「いるとも。日本橋の両替商が千両積んでも良いと欲しがった」

「あれが一株、手に入ったんです。俺の持っていた黒雲菖蒲《くろくもしょうぶ》と交換でね。夏にあれが咲くと、水辺にいちだんと風情が出ます」

新次が用意した木々や草花は、滅多に見られぬ稀少な名品ばかりだった。目のない者には野山を華やかに写した庭としか映らないだろうが、人によってはその珍らかさに心躍らせ、その姿、色、形、匂いとの出会いを忘れない。訪れる客がその素養や感じ取る心に合わせて、それぞれの楽しみ方ができる。それこそが、新次が供したいと思った宴の歓びだった。

雀の父親はどうやら名前の騙りはやめたと見えるが、紫式部の売れ行きはさほど盛り返せなかった。栄助が言うように、流行り物好きの江戸っ子たちにとっては紫式部も小式部もさして違いはなかったのかもしれない。その違いにこだわりを持つのは、やはり風景の中に身を置いて花と語り合う人々である。そのことに思いが至った時、新次はつくづく己の手の中に藤堂家の仕事があったことを有難く思ったのだ。

宴の庭の趣向を語りながら、新次はこの着想をどれほど理世に聞かせたかったかに気づき始めていた。霧島屋を出てから随分と時を経たのに、まるで昨日も共に修業していたかのようだ。いや、理世の聡明さには磨きがかかっていて、樹種を聞いただけで蝶を招く趣向であることを見抜いた。

しかし理世はしばらく黙していたのち、思わぬことを口にした。

「新次、一度しか言わぬ。稀少種は植えぬが良い。先の季節にまで気を回すな、宴のことだけを考えろ」

「何をおっしゃっているんです」

「もっと早く伝えたかったが、文さえ出せぬ身であった。許せ。もう暇《いとま》せねば。邪魔をした」

理世は頑なな声のまま、立ち上がりかけた。その理世の手首を、新次は思わず摑んでいた。膝が茶碗に当たり、畳を濡らしていく。

「何をする」

「人の気を乱すのもいい加減にしてくだせえ」

理世が目を見開いた。

「花競べの日もそうだ。いちどきに昔の話を聞かされて、俺は何も口にできやせんでした。言えることなど、何も無《ね》えじゃありませんか。ですが、もしや俺は何か取り返しのつかねえことをしていたんじゃねえかと、そんな考えが日を追うごとに膨れ上がって持て余し続けやした。この頃になって、ようやっとの思いで自分を立て直したんです。なのに、またぶっ潰すんですか。そんなに俺を掻き回して面白《おもしれ》ぇんですか」

「あの時は、もう済んだことゆえ口にした。掻き回すなど、そんなつもりなど毛頭ない。すまない」

　また詫びる理世を新次は力任せに引き寄せた。もう何も言わせまいと抱き締めた。身体を強張らせた理世は新次の胸の中から幾度も逃がれようとしたが、やがて息を潜め、身じろぎもしなくなった。

　木々が芽吹き、花を咲かせ、やがて最後の一片が落ちるその時まで、二人は一緒だったのに。肩を並べて土を耕し、風と陽射しを読んだのに。あの頃を、俺たちはどうして失ってしまったのか。

　理世がひっそりと、掠れた声で呟いた。

「私たちはいったいどこで、道を間違えたのだろう」

「わかりやせん」

「私たちの何が悪かった」

「わかりやせん、だがもう逃げたくない」

　新次は、理世を見つめた。

　そうだ、俺が逃げたんだ。腕も身分もかなわぬ相手に惚れたと認めるのが辛くて、逃げを打った。本当はわかっていたはずだった、自分の気持ちを。それを捩じ伏せ、誤魔化し、やがて忘れた。忘れたことさえ忘れていた。あの秋、隅田川のほとりで理世の言葉を聞くまでは。

「この人以外はと思い詰めた相手は、私から去ってしまった」

あの一言がずっと耳に残って消えなかった。

背に回した手に力を込め、畳の上に崩れ落ちた。理世の櫛が抜けて黒髪が広がる。二人は互いの帯を解き、着物の裾を割っていた。

稲荷神社の森からだろうか、葉擦れの音がさざ波のように寄せてきた。寄せて返す波が次第に高く強くなり、何もかもを呑み込んでさらってしまおうとする。そして最後のうねりが二人を貫いた。

行灯はとうに消え、障子から入った月の光だけが闇の中でうずくまっている。二人はただ目を閉じ、月明かりの中で漂っていた。

やがて理世が身体を離し、身仕舞いをする気配がした。半身を起こした新次の肩に、そっと着物が掛けられる。理世が静かな声で言った。

「これで、結着をつけられる」

その言葉の意味が、新次にはわかった。こうして思いを遂げた。これでようやく、俺たちは終われる。袖を通して帯を締め、居ずまいを直した。ふと、理世はこのまま一人で生きていくのだろうかと眉根を寄せたのを見て取ったのか、理世が笑った。

「案ずるな。後生大事にこの恋を抱えて生きていくなどするものか。来世《らいせ》も契《ちぎ》るまい」

新次はゆっくりと頷いた。

「実さえ花さえ、その葉さえ、今生《こんじょう》を限りと生きてこそ美しい」

昔、よく口にしていた言葉を理世は低く澄んだ声で告げ、きっぱりと立って襖を引いた。

六

藤堂家の仲春の宴は客人たちから大層喜ばれたと、用人の稲垣頼母から文が届いた。

和泉守様はとくに蝶が舞う趣向をお気に召したと、ご下賜の褒美まで届けられている。蔦《つた》紋入りの広蓋《ひろぶた》に載せられていたのは、特別誂えという花鋏だ。前日には掛かりのすべてが届き、資金繰りにも目途《めど》がついた。

今日は久しぶりに店を閉め、六兵衛や留吉一家を招いて酒を呑むことになっている。おりんは朝早くからその準備で大忙しだ。料理屋から膳を取るがいいと新次が勧めるのに、屋台のような天麩羅を手ずから作ってみたいのだと言い、貝柱と三つ葉のかき揚げに白魚や穴子も揚げると張り切って見せた。蓬《よもぎ》も揚げたいからと笊《ざる》を渡された雀は嬉しげに、近くの田圃《たんぼ》の畦道へと出掛けて行った。

長火鉢の前で煙管を遣っていた新次が、台所を覗いた。

「おりん、皆が集まるのは何刻《なんどき》だ」

「八つ半頃よ」

「なら、行ってくるか」

新次は煙管を置き、小間に入って着替えを始めた。前垂れで手を拭き拭き尋ねた。

「お出掛け？」

「ああ。褒美の礼を述べに藤堂様のお屋敷に行っつくる。根つきの心配なのがあってな、手入れもしてくるが遅くはならねぇから」

着替えを手伝って新次を送り出し、また台所で立ち働く。大鍋に水を張りながら、ふと、雀がまだ戻って来ないことに気づいた。まさか蓬を山ほど摘んで来るんじゃないでしょうねと思いながら鰹節を削っていると、裏口からひょいとお袖が顔を出した。

「ずいぶんと張り切ってるねえ、わっちも混ぜておくれよ」

「まあ、こんなに早く来てくれたの？」

「あ、それ、代わるよ。貸しな」

お袖は鰹節を受け取り、ぐっと腰を入れたかと思うと物凄い勢いで削り始める。おりんが呆気に取られていると、

「これでも大工の女房だからね。鉋《かんな》使いは慣れてんだよ」

と、片目を瞑って見せた。二人で声を立てて笑い、おりんは笑みを残したまま天麩羅の種の下拵えを始めた。湯気を盛んに立てている鍋の中に削り節を入れたお袖は、出し抜けに失くし物を見つけたような声を出した。

「そういえば、今日は店を閉めるって聞いてたけど」

「そうよ」

「じゃあ、あれは誰なんだろ」

「誰って？」

「いやね、雀がさ、見慣れない男と話をしてたんだよ。垣根越しに」

おりんは海老の殻を剝きながら、

「おかしいわねえ、卸売りの約束でもあったのかしら」

「ちょいと引っ掛かったのはさ、男が何か話しかけてるのに雀がずっと下を向いてた

ことさ。ただ、無茶な客に叱られてる風でもなかったし、泣かされてもいねぇんで、声を掛けなかったんだよ。ほれ、わっちはすぐに頭に血が昇ってしくじるだろ。近頃、一呼吸置くことにしてんだよ」

おりんは妙に気になって、手を止めた。垣根まで見に行ってみようかと思った時、雀が息せき切って帰って来た。

「遅くなりましたあ、お内儀さん、このくらいで足りますか？」

裏口に立ったまま雀が差し出した蓬は、笊に山盛りだ。雀の表情は少し硬いようにも思うが、声は明るい。

「充分よ、有難う。それはそうと」

「じゃあ、今度は茗荷を摘んできます」

言うが早いか、もっと大きな笊を摑んで飛び出して行ってしまった。

「もうあの子ったら、お袖さんに挨拶もしないで」

「あの様子じゃ心配なさそうだね。大事なお客なら、雀はちゃんとおりんさんに知らせる子だろ」

「それはそうだけど」

だがおりんが知っている雀は、人と話をする時に相手の目を真直ぐに見る子供である。黒目がちの目を大きく見開いて、驚いたり感心したり喜んだりする。そんなあの子が、俯いたまま人と向き合うことがあるだろうか。

　首を傾げながら流しで蓬を洗っていると、今度はあっという間に戻って来て、「あ、松っちゃんのおっ母さん、いらっしゃ」と言った途端につまずき、三和土《たたき》に笊ごと茗荷をぶちまけた。

　三人でわあわあ言いながら拾い集め、井戸端へ走ったりするうちに雀の様子がいつもと変わりないことに安堵し、また海老の殻を剝き始めた。


　舟を降りて染井を歩くと、庭を引き渡してから十日も経たぬのに随分時を経たような気がする。しかし新次が裏門の門番に訪いを入れると、すっかり顔見知りになったお蔭か快く通してくれた。

　東庭に近づくにつれて、騒々しい人声が洩れ聞こえてくる。もしやまた宴かと思ったが、甘い匂いが漂ってきて足が止まった。こんな匂いの花を植えた覚えがない。しかしこれは何だ、梔子《くちなし》に似ているが麝香《じゃこう》らしき匂いも含んでいる。

　中に入って総身が強張った。新次の仕立てた庭は、跡形もなく消えている。

　数十人はいる職人たちが盛んに土を掘り返し、肥料を入れ、腰ほどの背丈の花木を植えている。乙女椿に似たその花は、緑を帯びた白だ。茎に鋭い棘があるのを見て、新次はそれが茨の類であることに気づいた。この時季に咲くとは長春《ちょうしゅん》か。違う、これほど多くの花弁を巻いた茨は見たことがない。

いつのまにか用人の頼母が傍らに立っていて、上機嫌の面持ちだ。新次は丁重に礼を述べたが、後の言葉が続かない。

「して、なずな屋どの。此度はいかなるご用かな」

「谷空木の根付きがあまり良くないようでしたので、見に参ったのですが」

「ほう、谷空木とはいずれのものか」

屈託なく尋ねられても、指し示す木はもうどこにもない。東庭は市松模様に区切られ、茨と芝草が交互に植えられようとしていた。苔を剥いで地肌をむき出しにされた斜面の麓に、理世の姿があった。裁衣袴《たつつけばかま》を腰高につけ、職人たちに指図をしている。

新次は目の前の風景に、何かを突きつけられたような気がした。もしかしたら俺は、とんだ思い違いをしていたのか。そう思うと、我知らず頼母に問いかけていた。

「稲垣様。私がお作り申したのは宴のためだけの庭だった、ということですか」

「さよう。始めにそう申したはずだが」

頼母は不思議そうに、目をしばたたかせた。確かにそうだ。しかし新次は、まさか一度きりの宴のために二百両もかけるなど考えもしなかった。であればこそ夏に咲く花も仕込み、四季を通じて楽しみが途切れぬように絵図を描いた。その草案を頼母は受け入れ、許可を与えてくれたのではなかったか。

その時、ふいに理世の言葉がよぎった。

稀少種は植えぬが良い。先の季節にまで気を回すな。

あの夜の忠告は、このことだったのだ。理世がこちらに向かって歩いてくる。頼母に一礼し、新次に目を留めると「このお方はどなたか」とでも言うように頼母に視線を戻した。頼母は「ああ、花師にて」とだけ答え、新次には理世を重々しく紹介する。

「こちらは、霧島屋の理世どのである」

新次は背を立て、理世に向かって辞儀をした。

「向嶋で種苗屋を商う、なずな屋新次と申しやす」

「霧島屋の伊藤理世にございます」

理世も乾いた声で答礼した。頼母は待ちかねたように、息せき切って理世に話しかけた。

「理世どの、殿が殊《こと》の外《ほか》、お歓びであらせられますぞ。幾度お願いしてもお出ましくださらなかった理世どのが、自らこの宴の庭を手掛けてみたいと申し出てくださったのですからなあ。殿は今から夏の宴を心待ちにしておられますぞ」

ぎりりと歯の根を合わせた新次は、我知らず強い口調で問うた。

「稲垣様、最後にお教えくださせえ。あの花の名を」

頼母は知らないらしく、傍らの理世を見る。理世は職人たちの動きから目を離さずに答えた。

「あれは、らうざと申します」

「らうざ」

「遠い異国の茨です」

「ただ一度の宴のために？」

「いかにも。花を我が物として愛でる、御連中《ごれんじゆう》のために」

喉元を強い薫りで締め上げられたような気がして、新次はそれを振り払うように藤堂家を辞した。

向嶋に向かって下る舟に乗り込んだ新次には、川沿いの何の景色も目に入らなかった。

謀《たばか》られたわけではない。それを何度も胸の内で繰り返していた。そうだ。稲垣様もお嬢さんも、己の仕事を全うしているだけだ。俺も己の仕事を全うしようとした。そして、どれほどのものを手放してしまったのか。

理世の忠告にもかかわらず、新次は手持ちの稀少種のほとんどを藤堂家の庭に入れてしまっていた。季節が終われば店に持ち帰って手入れをし、また増やして植え付けるのが庭を仕立てた者の務めである。新次もまた、あの東庭を時をかけて育てて行くつもりだった。

一日限りの花であれば、芝居の書割《かきわ》りと同じじゃねぇか。

怒りとも嘆きともつかぬ塊が膨れ上がってきて、拳を力任せに舟底へ打ちつけた。棹《さお》を操っていた船頭が、何事かと振り返った。

川沿いの柳の合間を、燕《つばめ》が白い胸を見せてすり抜けて行く。せめて今日はこの顚末を黙っていようと思った。集まってくれる誰をも落胆させたくない。

なずな屋に戻ると、母屋が静まりかえっていた。居間には膳が並べられ、台所にはいくつもの笊に下拵えが済んだらしき青物や魚が並べられているが、おりんの姿も見えない。

裏の苗畠から留吉の声が聞こえたような気がして回ってみると、皆が土にまみれて働いていた。留吉がお袖と口喧嘩しながら運んでいるのは、新次が藤堂家に植えた山桜だ。辛夷《こぶし》と冬青《そよご》はもう植わっている。辰之助と雀がそろそろと運んでいるのは気になっていた谷空木だ。荷車には深山躑躅や藤、山吹、駒繋《こまつなぎ》も見える。

鉢の前に屈んで貝母《ばいも》を懸命に植えているおりんの背の周りを蝶がひらひらと飛んでいるのを見て、新次は目の前が霞むのを堪えられなくなった。おりんが振り向いた。

「お前さん、お帰り」

柔らかな声で言った。皆も汗と土にまみれた顔で「お帰り」「お帰りなさい」と口々に声を掛けてくる。

何が起きたのか、知っているのだ。そして黙って力を貸してくれている。新次は頭を下げたまま、しばらく動くことができなかった。

肩に置かれた手に気づき、顔を上げると六兵衛だった。六兵衛は楠の木蔭を指して歩き、床几に腰掛ける。新次をも坐らせ、静かに語り始めた。

「伊勢津藩の藩主を遡《さかのぼ》ること三代目、藤堂高久《たかひさ》様は、花狂いで知られる殿様であったそうですな。しかし、自らの手で育てたいという花好きではなかった。四季折々に客人を招いては庭で宴を開き、客たちから賞讃されるのを無類の喜びとされていたそうです。ですから花の時季が終わると何もかもを引き抜かせ、次の宴のために土から入れ替えさせた。そういうお方であられたそうです」

「であれば、和泉守様は」

「ご先祖の血を受け継がれた、風狂大名でありましょうな。しかも若くて腕のある者に庭をやらせては、稀少な花木のみならず職人としての誇りまで根こそぎ抜いてしまう。……あの宴の庭は、花師潰しなのです。これまで、幾人の庭師や花師が仕事を続けられなくなったことか」

稀少種の花木や草花は、金子《きんす》さえあれば一挙に集められるというものではなかった。自らの手で手間隙をかけて育ててこそ、その花師ならではの品種を揃えておけるのである。それらをいちどきに失うことは、精魂込めた歳月のすべてを無にするに等しかった。呆けてしまう者が出てもおかしくない。新次はそう思うと、両の手で膝頭を摑んだ。

「しかし、潰されるお人ばかりではない。その昔、藤堂家に仕えていた花師は抜かれた花木、草花をうち捨てるのがしのびなく、そっと店に持ち帰って大切に守ったそうです。そのお人が霧島屋の三代目、伊藤伊兵衛三之丞様です」

「ご隠居、もしや霧島屋さんが」

そうだ。理世が、引き抜かれた花木や草花をなずな屋に届けさせてくれたのだ。口にしなかったその意まで汲んだように、六兵衛は言葉を継いだ。

「この数年、花師潰しを何とかやめさせようと手を尽くしてこられたようですが、主家であった和泉守様に正面切って意見することはかないません。手をこまねいているうちに、なずな屋さんに下命が下ってしまった。しかもそれを知った時は、既に止める手立てがなかったと」

もしかしたら理世は、なずな屋の花木を守るためにあの仕事に手を染めたのではないだろうか。花を我が物として弄《もてあそ》び、宴が果てれば一顧《いっこ》だにしない輩のために、理世が自ら望んで庭を仕立てるわけがなかった。

その考えがずしりと腑に落ちた新次は深い息をつき、空を仰いだ。

「お理世様はまもなく京に上られるそうです。あちらでもう一度、修業し直されるお心積もりのようですなあ。そこで、なずな屋さんにとお預かりした物があるんですがな」

「預かり物、ですか」

「霧島屋で唯一、一子《いっし》相伝《そうでん》の物であるとのこと。なにゆえ門外不出であったのか、その理由《わけ》を解いていただきたい、それがお言伝《ことづて》です」

知恵も技術も秘伝にせず、すべてを書に著して世に広めてきた霧島屋にも、血縁者にしか伝えぬ物があったのだろうか。その理由を理世も知らないとは、どういうことなのだろう。

その時、雀と辰之助が荷車から最後の一本を降ろそうとしていた。近づいて見れば、藤堂家に植えたものではない。これだ。門外不出の物とはこの木のことだ。振り向くと、楠の下で六兵衛が頷いた。

しかしこの木は、何者だ。枝振りは桜だが樹肌に特有の横縞がなく、消し炭のように黒い。

雀が大きな声で問いかけてきた。

「親方、これはどこに植えましょう」

「ん」

辺りを見渡したが、苗畠はもう木々と草花で一杯だ。

「お前さん、ここはどう？」

そこは、おりんが丹精している蔬菜《そさい》畠のそばに残っていた一角だった。陽当りも風通しも良い。新次はそこに決め、自ら運んで植えた。幹はさほど太くないが、根鉢《ねばち》はしっかりしている。水をやっていると、皆が集まってきた。新次とおりんが一人ひとりに頭を下げて礼を述べると、留吉がおどけて言った。

「なあに、このくれえ、お茶の子よ。今日はおりんさんが鱈腹《たらふく》ご馳走してくれるって言うからよぉ、ちょいと動いて腹ん中を空けてたわけよ」

「何言ってんだい、材木みたいに肩に担いでよろけたくせに、ねえ」

お袖が笑いながらそばにいたはずの辰之助に話しかけたが、姿がない。

春の夕陽が西空を真赤に染めて揺れていた。その下に、背丈の違う影法師がでこぼこと五つ並んでいる。いずれも大地を踏みしめるように立ち、右手を夕空に向けて差し出していた。

やがていちばん小さな影法師がよちよちと大人たちの足元に戻ってきたが、父親と母親の前を素通りし、新次とおりんの前でぴたりと立ち止まって見上げた。

「新ちゃん」

留吉の口真似をして呼びかけるので新次が抱き上げると、

「あい、お日様をあげるよ」

お梅が小さな手で差し出したのは、赤い金平糖だった。

第四章　いつか、野となれ山となれ

一

ひと月に二両も稼いだら、一家五人が暮らすにゃ左団扇だ。なあ、有難ぇじゃねぇか、長屋の家賃なんぞ一日働きゃあ払えるしよ。ま、今日のお施主は俺っちの腕に惚れて祝儀を弾んでくれたんだがよ。ほれ、遠慮するこたぁねえぞ、半分はお前の懐にしまって翁草《おきなぐさ》とくらあ。おりんちゃんを誘って花見でも芝居にでも洒落《しゃれ》込んでこいってことよ。な、そいでもって、こちとらは吉原よ。江戸っ子に生まれたからにゃぁ一度は行っておかずばなるめえ、お伊勢詣りと吉原ってね。

留吉は酔いにまかせて、吉原に行かせてくれろと女房にねだったらしい。

「吉原の見世《みせ》に上がったことがねえたあ、仲間内で肩身が狭い、お前《め》ぇの恥にもなるとか何とか屁理屈をつけて絡むんだけどさ。行きたきゃ勝手に行きゃあいいじゃねえか、首に縄をつけてるわけでなし」

お袖はぶつくさ言いながら塩結びを作っている。腹立ち紛れで握るから、ぎゅうぎゅうと石くれのように硬そうだ。留吉さんの顎がはずれなきゃいいけどと肩をすくめて笑い、おりんは蕗《ふき》の薹《とう》を刻んだ。これを擂鉢《すりばち》ですり潰し、味噌と砂糖、煮切り酒を加えると酒が進む蕗味噌になる。

「あのへなちょこめ、ほんとは廓の敷居が高くて入れねぇんだよ。肝の小せえ野郎だ」

「それで先にお花見になったのね」

「そうさ。その花見にまたのこのことついて来るんだよ。新ちゃんと雀がいないんなら、ご隠居のお相手は俺っちが係りだなんて張り切っちゃってさ」

江戸で花の名所といえば、誰もが指を三つ折る。上野《うえの》に飛鳥山、そして隅田川のほとりだ。しかし上野は人が多すぎ飛鳥山は遠すぎるというので、近頃の一番人気は向嶋界隈の隅田堤である。

弁当の用意ができると、おりんとお袖は堤に向かった。留吉が子供たちをつれてご隠居を迎えに行き、先に陣取りをしておくという。女子供とご隠居だけの花見で良かったのにとぼやきながらも、隅田川に近づくとお袖の顔が輝いた。

「さあさ、いっち上等な花の下を取ってくれてるんだろうねえ」

木母寺《もくぼじ》の門前から始まる桜並木は延々と寺島村《てらじまむら》まで続き、花の枝が重なってまるで雲の中に入ったかのような心持ちになる。

辺りはすでに大層な人出となっていて、そこかしこで花見客が呑み、歌い、笑い声を挙げていた。料理茶屋では芸者を繰り出しているのか、三味線や地唄が流れてくる。贅を凝らした衣装で堤を練り歩く女たちも多い。正月に着た小袖をこの日のために仕立て直し、花見小袖として着飾るのである。

お袖は手を振って場所を知らせる留吉の姿をようやく見つけると、ひときわ大きな枝振りの下へ向かった。川風を避けるように堤とは反対側の草原《くさはら》の上に花茣蓙《はなござ》を敷いてあり、上総屋の隠居六兵衛と留吉、子供たち、そして珍しく六兵衛の孫である辰之助も一緒に坐っていた。

「まあ若旦那、ようこそ」

「招かれてないけどね、来ちゃったよ」

「何をおっしゃいます、よくお運びくださいました。でも新さんと雀が聞いたら、残念がります」

「新さんたち、山を歩いているんだってね」

おりんに笑みを向ける辰之助は雛のようだった面立ちが若者らしく引き締まり、肩の幅まで広くなったような気がする。それでも人目を惹《ひ》く美しさは相変わらずで、若い娘や色っぽい女房が行き交うたびに流し目を寄越して来た。

「ええ、調べたいことがあるとかで、飛鳥山から筑波山《つくばやま》まで桜の木を巡るつもりのようです」

猪口を持った六兵衛が、「ほお」と眉を上げた。

「それは足の要る仕事ですなあ。しかし山の中で出会う桜は格別です、幽玄でねえ。……かような私でもあの世からお迎えを頂戴できるなら、春の花の下におるときにお願いしたいものですなあ。あ、いや、これはちと注文が過ぎますか」

「ご隠居、縁起でもねぇことをおっしゃっちゃあ厭ですぜ。ささ、花見酒と行きやしょう」

留吉が徳利を差し出し、おりんとお袖は弁当を広げた。鰆《さわら》の木の芽焼き、豆腐の田楽、浅利と若布《わかめ》のぬた、玉子焼、蕗味噌、そして塩結びと菜飯のお結びが詰められている。

「ご馳走だあ」

小躍りした松吉と竹吉は手に手に田楽を持ち、硬い塩結びにかぶりついた。しかしお梅は雀の姿が見えないので、泣きべそをかいている。

おりんはその姿を可愛く眺めながら、ふと、隣の緋毛氈《ひもうせん》に目を奪われた。何枚かの毛氈を重ねているのだろうか、その厚みは三寸ほどもあり、そこに場所取りと思われる若者が行儀良く正坐している。どちらのお大尽の宴だろうと思っていると、五丁もの駕籠《かご》が静かに連なって入ってきて緋毛氈の前に並んだ。

徒歩でついてきたらしい男がいちばん先に着いた駕籠の扉を引くと、真っ白な素足が見えた。白群青《びやくぐんじよう》の縮緬に青海波《せいがいは》を縫い取った打掛の裾がこぼれ出る。

長裾を持つ手も白く、爪は桜色、毛氈の中心に坐る所作さえ舞うようだ。髪は巻貝のようにまとめた貝髷《ばいまげ》で、簪《かんざし》は珊瑚だろうか。おりんから見えるその横顔はほとんど化粧をほどこしていない素顔に見え、その肌の美しさが目鼻立ちを際立たせている。鼻筋と眉はくっきりと明るく、長い睫毛に縁取られた瞳は澄み、柔らかそうな唇だけが艶めかしい。

続いて駕籠から降りた娘は、桜に流水紋様の振袖《ふりそで》を着ている。まだあどけなさの残る顔にはやはり白粉を刷かず、目尻と唇にだけ紅を差してある。息を呑んで見ていた周囲から「何て可愛い」と声が挙がったのは菜の花色の振袖に蓮華草《れんげそう》の図柄を遊ばせた女の子二人で、年の頃は雀と同じくらいだろうか。奴島田《やっこしまだ》を根元から高く結い上げ、ちりちりと鈴が揺れる簪を挿している。

男たちが堰《せき》を切ったように騒ぎ始めた。

「あれが名にし負う吉原の遊女よ」

「なんと、近勝《ちかまさ》りすることよ」

「子供は禿《かむろ》って言うんだろ」

中央に坐した遊女は位も高いのだろう、細い銀煙管を悠々と取り出すと、若い衆が脇からすかさず火種を差し出して煙草盆を捧げ持った。遊女の素顔は二十歳に届かぬ年頃に見えるが、辺りを払うような貫禄だ。

一見、地味にさえ見えた打掛も銀糸の青海波は肩から襟、裾まで続く総刺繍で、銭のかけ方が露わな町方の女たちの衣装がすっかり霞んで見える。しかし町娘も堅気の女房たちも皆、熱に浮かされたような目をして騒いでいた。

「あの刺繍をご覧な。一生に一度でいいからあんな着物に手を通してみたいものだ」

「禿が挿してる簪は銀細工だろうか。鈴が揺れて綺麗ぇだこと」

「おや、知らないのかえ、あれはびらびら簪というのさ。乙粋《おついき》だねえ。さっそくお揃いで誂えに行こうよ」

近頃の江戸では歌舞伎役者と吉原の遊女を描いた錦絵《にしきえ》が人気で、とくに大判縦二枚継ぎという掛軸仕立ての絵が売り出されてからは、長屋の壁にも飾ってその絵姿に酔いしれるらしい。親父と息子は高嶺の花を拝み、女房と娘は化粧や装いを真似るのだ。女たちの流行は、吉原の遊女が支配していた。

桜の枝々からこぼれる陽射しが、幾筋もの帯になって漂っている。若い衆が竹ひごで組んだ大きな鳥籠を運んできて、毛氈の上にそっと置いた。瑠璃色や柿色の鳥たちが十羽ほども囀《さえず》っている。留吉がごくんと喉を鳴らす音が聞こえた。

「あ、あの鳥籠、一丁前に駕籠に乗って来やしたぜ」

「籠の鳥を放して衆生《しゆじよう》の功徳《くどく》を祈る放生会《ほうじようえ》を行なうために、遊女たちは廓《くるわ》勤めを休んで外に出てきたのでしょう。と言っても自分で揚げ代を払っての休みで、お目付け役付きですがな」

「ご隠居は吉原にも通でいらっしゃるんで？　それをもちっと早く知ってたらなあ、俺としたことがとんだしくじりだぁ」

「お前さんってば、しっ」

お袖に小声で叱られた留吉は、首をすくめて頭を搔いた。弁当に無心に取り組んでいるのは松吉だけで、竹吉とお梅、そして辰之助までぽかんと口を開けたまま、幻のように美しい隣の座を見つめている。

　振袖の遊女が竹籠の扉をそっと開くと、鳥たちが翼を広げて一斉に羽ばたいた。瑠璃色と柿色が空に吸い込まれて行く。遊女たちは数珠《じゅず》を持つ手を合わせ、小さく念仏を唱えた。

　呆気にとられていた花見客も思わず合掌し、空を見上げた。顎を下げて連れの顔を見ると誰もがはっと夢から醒めたような顔をして照れ笑いを浮かべ、自分たちの莫蓙へざわざわと帰って行った。

「ご隠居、まさかあのお姐さん方とお知り合いってな奇遇はねえんでしょうな」

　留吉が酌をしながらおもねるように尋ねると、六兵衛は事も無げに肯《うなず》いてにっと笑った。

「むろん、よっく知っておりますよ。しかし廓の外では声を掛けないのが仕来たりです。互いのためにね」

「は、はは、なあるほど。そいつぁ、しっかり心得たんぼ」

　調子を取り戻した留吉を中心に酒が進み始めたが、子供たちはもう腹一杯になったか、花摘みに出かけてしまった。じっとしていられない年頃なのだ。

　遊女たちの席では塗りの重箱や錫《すず》の銚子、ぎやまんの高杯などが並び、静かに宴が始まっているようだ。

その傍らを、二人の侍が千鳥足で通り過ぎた。が、一人が「あ」と立ち止まって遊女たちを振り返った。小柄で腹が突き出ており、顔も身体つきも蛙《かわず》のようだ。後ろで振り向いたもう一人は、牛蒡《ごぼう》のように黒い侍だ。二人は遊女たちの座を見ながらひそひそと話をしていたかと思うと肩を怒らせて引き返してきて、いきなり怒鳴りつけた。

「やい、雛鶴《ひなつる》。ここで会ったが百年目だ。先月の仕打ち、よもや忘れておるまいな」

「身共《みども》らを虚仮《こけ》にしおって花見とは、身の程をわきまえよ」

蛙と牛蒡のような侍は、あてつけのように腰に差した大小に手を添える。雛鶴と呼ばれた振袖の遊女が、侍から目を逸らして声を震わせた。

「こなさん、今日はそっとしておいておくんなんし」

「ほほう、三度も登楼して聞けなんだそなたの声を初めて聞いたわ」

遊女は咽喉元から朱に染まったが、きっと唇を噛んでいる。

「やれ揚げ代だ祝儀だと黄金《こがね》を巻き上げておきながら、愛想のひとつも言わなんだではないか。お主、侍をちと侮っておるのではないか」

「今日は……花見ではありいせん。籠の鳥の放生会でありいす」

「放生会だと？　それは笑止千万。その方らこそ籠の鳥ではないか」
「娑婆《しゃば》で羽根を伸ばすんじゃない、女郎風情が」
周囲の者は侍の横柄な口に眉を寄せながら、しかし遠巻きに成り行きを見守ってい
る。ところがおりんの横に坐っていたお袖は血相を変えて、片膝を立てていた。
「浅葱裏《あさぎうら》めが嵩《かさ》にかかっての悪口三昧、勘弁ならねえ。ええい、久方ぶりに堪忍袋の
緒が千切れたわ」
立ち上がろうとするお袖に留吉とおりんが組みついて必死で押さえつけるが、恐ろ
しい力で振り切ろうとする。とうとう六兵衛がお袖の肩に手を置き、小声で宥めにか
かった。
「まあ、もう少し様子を見てからでも遅くありませんよ。ああいう無粋な手合いの捌
き方にも、吉原なりのやり方がありますでな」
「そうですかえ」
しぶしぶお袖は腰を沈めたが、腕組みをして侍たちを睨《ね》めつけている。若い衆や禿
たちも堪忍がならぬらしく何度も口を返しかけるが、そのたびに中央に坐した遊女に
銀煙管で止められていた。
「ほう、まただんまりか。豪儀な形《なり》で客をたばかっても、化けの皮を剥がされては申

し開きもできぬのであろう。さ、帰れ帰れ。不浄の者が花見をしては桜が穢《けが》れるわ」

蛙面が調子に乗って禿の肩をこづいた時、「べらぼうめ」と叫んで飛び出そうとしたのは辰之助である。切れ長の目を吊り上げ、肩まで袖をまくりあげているが身が前に進まない。六兵衛のどこにそれほどの力があったか、後ろから帯をしっかと握っていた。

その様子にちらりと目を動かした銀煙管の遊女が、ようやく侍たちに向かって口を開いた。

「こなさん、もうお止《よ》しなんし。一言《いちごん》ごとに男が下がりいす」

練り絹のような声だ。

「な、何ぃ、今、何と申した」

「雛鶴さんがこなさんに無作法をいたしましたとか。いかなる振る舞いにてさほどのお怒りを買いいしたか。どうぞ、わっちにお教えくだせえ」

と言って、膝前に両手をついて深い辞儀をした。

「女郎に似合わぬ殊勝な心掛けではないか。聞く耳を持つなら聞かせてやろう。よいか、雛鶴はな、扇屋に上がった初会《しよかい》で待たせること一刻《いつとき》、やっと顔を見せたと思えばにこりともせず、一言も口もきかずにさっさと退席しおったのだ。どうだ、無礼千万であろう」

「それは吉原の仕来たりにて、雛鶴の無作法ではありいせん」

「初会だけではないわ、二度目もそうだ。形だけ酌をしたかと思うたら霞のように消え失せ、また置き去りにしおった」

男たちの間からは失笑が洩れていた。侍が何を言っているのか、手に取るようにわかるらしい。

「三度目で遣手婆《やりて》に嚙みついたら、今宵こそは間近に拝んでいただきますよなぞと調子のいいことを吐《ぬ》かしおって、しかし部屋で待てど暮らせど雛鶴は来ぬではないか。ようよう入ってきたのは妹分で、雛鶴は馴染みの座敷と重なっているので代わりを務めると言う。ところがこの代わりには、指一本触れることならぬだとぉ？　ひ、一晩に十両の揚げ代はそっくりそのまま巻き上げておきながら、愚弄するのも大概にするがよい」

「こなさん、それも吉原の仕来たりでありいす。雛鶴が強欲ではありいせん」

留吉はそれを聞きながら、ぼそりと小さな声で辰之助に言った。

「あの浅葱裏、手前ぇが振られたってこと、わかってねぇんですぜ」

「そうさ、女を抱きたいだけなら岡場所に行くがいい」

「ほんに、金が勿体ねえ奴ぁ、家で嬶《かかあ》でも抱いてろってんだ」

と言ったのがお袖だったので、おりんは喉が詰まりそうになった。しかし侍はまだ因縁をつけている。

「仕来たり、仕来たりと大仰に言いおって、何様のつもりぞ。とどのつまりは、そちらの都合の良いように事を運んでいるだけであろうが」

「熱《ねつ》いお方でありいすねえ。わっちらの住む吉原は、昼は極楽、夜は龍宮と謳われる国でありいすが、尋常でないものを楽しむには矩《のり》が要りいす。矩をはずせば、決め事のない碁を打つようなもの。面白みも粋も成り立ちいせん」

「何だと、そちは身共らを無粋と申すか」

「ええい、もう好かねえ。ちいとは黙っていなんし。仮にもこの雛鶴はわっちの大事な妹分でありいす。末はわっちの跡を継いで三代目吉野《よしの》になろうかともいう振袖新《しん》造《ぞ》。仕来たり無用とお言いなら、扇屋へのご登楼はきっぱりご辞退申しいす」

いつのまにか増えていた人垣から「ひえ」と声が洩れた。

「扇屋の吉野といえば、吉原一の花魁《おいらん》じゃねえか」

「あれだろ、大坂の鴻池《こうのいけ》とかいう両替商を袖にしたとか、お大名の身請け話を蹴ったとかいう、あの花魁だろ」

「身請けは千両の山が三つじゃきかぬという話だぜ」

怒りで膨れ上がった蛙面は、腹が破けたような大声を出した。

「み、見世に上がるなだと、よくもよくも。おのれ、そこへ直れ」

「そのかわり」

花魁は美しい片眉をほんの少し上げ、蛙面を斜に見上げる。

「お気が変わって仕来たりに従いたくなりいしたら、いつでもこの吉野をお呼びなんし。たとえどれほど富貴《ふうき》のお座敷がかかっていようとも、必ずこなさんのお席に侍りいす」

「何と。それは誠か」

「遊女に誠を尋ぬるとは聞いたこともねえ野暮でありいすが、ここは廓の中でなし。お天道様の下できっぱりお誓いしやしょう。たとえ」

花魁は銀煙管の雁首をまっすぐ侍たちの喉元に向け、見得《みえ》を切った。

「伊達のお殿様を振ってでも、こなさんらのお顔をきっときぃっと、お立てしいすよ」

口元を緩めかけていた二人は顔色を失い、腰を引いた。蛙が牛蒡に嚙みつく。

「おい。なにゆえ、我らの身元が知れておる」

「拙者が知る由もなかろう。そうだ、其許《そこもと》が伊達家下屋敷の者であると扇屋の遣手婆に吹いておったではないか。廓で声高に名乗りを上げるとは、無粋にも程がある」

「おのれ、其許まで身共《みども》を無粋呼ばわりするかっ」

「声が高い。まさかあの花魁、我が殿がご執心と噂の者ではあるまいな。お耳にでも入ったら何とする」

牛蒡が腹に拳をあてて横に引いて見せると蛙はわなわなと口元を震わせ、くるりと背を向けて一目散に堤を駆け登り始めた。

「おい、置き去りか。待て」

牛蒡も縺《もつ》れるように走り去ると、膨れ上がった人垣から大きな笑い声が挙がった。

騒ぎが鎮まると花魁はすいっと立ち上がり、「御機嫌よう」と誰にともなしに廓の送り言葉を告げて打掛の裾を翻《ひるがえ》した。

「いよっ、花魁、日本一」と大向こうが掛かり、人々の歓声が桜の群れを揺らす。振袖新造と禿二人も「御機嫌よう」と告げ、静々と駕籠に乗り込んだ。五丁の駕籠が持ち上げられて、動き始めた。

おりんとお袖は、顔を見合わせて溜息をついた。

「あれが花魁というものなのねえ」

「素敵だねえ、意気地だねえ。胸がすうとしたよ」

しかし留吉は、目を三角にしている。

「おい、お袖、手前ぇ、さっき、何をしようとしたかわかってんのか。二本差しと事を構えようたあ、どういう料簡だ。殴り倒しでもしてみろ、お縄だぜ。無茶も大概にしてくれ」

「じっと見ていられねえじゃねぇか、あんないけ悪ぃ田舎侍にぐちぐちやられてさ。ねえ、若旦那」

辰之助は聞こえているのかいないのか、曖昧な笑みを浮かべるだけだ。代わりに六兵衛がお袖に笑いかけた。

「いや、お袖さんは勇ましい。吉原の頂きに立つ花魁も、お袖さんの俠気は意気に感じたことでありましょう」

「え、ほんに？　ええ、どうしよう、お前さん、えらいこった」

お袖はすっかり舞い上がってしまった。留吉は心底呆れ返ったように、胡坐《あぐら》を組んだ足を抱える。

「これだよ、すぐ真に受けるんだ。熱病みたいにいっとき続くんだぜ、これが。女房が花魁狂いを始めましたってぇ、聞いたこたあねぇや。そのうち変装でもして大門《おおもん》をくぐりかねねぇよ」

「あ、その手があったわね」

「もう、おりんちゃんまで勘弁してくれよ」

そこへ、子供たちが草笛を吹きながら帰ってきた。お梅の手籠には蒲公英《たんぽぽ》や土筆《つくし》がいっぱい入っている。風が冷たくなってきたのでなずな屋へ戻って呑み直すことになり、皆が腰を上げ始めた。

が、莫蓙を巻こうとしても辰之助が動かない。風邪っぴきのように浮いた顔つきのまま、花霞の中にいた。

二

消し炭のように黒い幹に手をあて、新次は梢を見上げていた。

一年前、なずな屋の苗畠に来たこの木はまばらにしか花をつけず、ほとんど実を結ばないまま葉だけを繁らせた。

花と葉の形から桜の仲間であることは知れたが、今年も花芽は少ない。土が合わないのか、肥料が足りぬのか、それともこの木は相当老いているのだろうか。そのような桜を、霧島屋代々の当主がなにゆえ一子相伝、門外不出にしてきたのか。

その謎は、この木の素性にあると新次は考えた。素性を知るにはまず実生《みしょう》を育ててみるのが尋常だが、この桜は実を結ばないので種を取ることができない。別の手立てがなかなか見つからず、雀をつれて山に入ってみたのだった。

今日は風もなく、長閑《のどか》な空で綿雲もやすらいでいる。新次は肩に陽射しの温もりを感じながら、筑波山の麓の入会山《いりあいやま》で出会った一本の山桜を思い出していた。

あの日、赤い葉が出た枝先で、いくつかの花が房になって揺れていた。庭師の中には山桜は貧相だと言って使わない者もいたが、この木には山の主《ぬし》のような風格がある。香気も高く、樹下には甘く清い香りが漂っている。

「親方、目白《めじろ》が来てますね」

雀が、たくさんの鳥が留まっていることに気づいた。何羽もの目白が花の中をのぞいて、盛んにつついている。

「ああ、花の蜜が大好物だからなあ」

「たしか、ええと、目白が花の中に顔を入れて蜜を吸うと、口の周りに花粉がつきます。そのあと、別の枝に移ってまた蜜を吸うとその花粉が花の中心につく……それで実ができるんでしたね」

新次が草花と蝶とのかかわりを教えた後、鳥と花木にもそのような仕組みがあることを雀はちゃんと自分のものにしていた。

「そうだ。蜜を与える代わりに、子を残す営みを生きものに手伝わせている。持ちつ持たれつだ」

「あの桜にも鳥が来てくれれば、もっと実を結ぶのでしょうか。でも、鳥が来ているのをあまり見たことがありません。花が少ないからですか？」

新次は、思わず雀の両肩を摑んだ。

「花が少ないのもそうだが、そもそもあの桜の花にはほとんど蜜がない。そうだ、だから鳥が来ねえ」

「来ないから実がつかない、ということは、あの桜はどうやって生まれてきたのでしょうか。あ、育種で交配された桜なんでしょうか」

「いや、まだそれは決められねえ。そもそも新種の作出にはな、二通りの手立てがある。人の手によって接ぎ木したり受粉させたりして交配する手立てと、親とは違う性質《たち》を持って生まれてきた変異種を見つけて、それを育てていくという手立てだ」

「親とは違う性質」

「ああ。たとえば、そうだ、これを見てみねえ」

新次は山桜の足元に咲いている菫《すみれ》の群れを見つけて、片膝をついた。雀も同じようにして覗き込む。

「この菫の種を集めて蒔《ま》くとする。ほとんどの種は親と同じ色形をした花を咲かせる。しかし千のうち一つ二つは、花色が白かったり葉に斑《ふ》が入る変り種が出るんだ。それを見つけてその種を増やしていけば、新しい品種になる」

雀は菫の花びらや葉に見入り、なかなか立とうとしなかった。

桜は、そういう変種が恐ろしく出やすい木である。ゆえに改良した里桜《さとざくら》の種類も、他の花木に比べると途方もなく多いのだ。しかし親子であれば、形質の何かは必ず受け継いでいるはずではないか。そうだ、実を結ばぬ桜なら、逆に親木の系統を遡れば良い。

桜の親探しだ。新次は幹に手をあてたまま、そう呟いた。

「お前さん」

おりんの声がして振り向くと、手招きをする。

「ご隠居がいらしているのよ。手がすいたら、一緒にお茶にしましょう」

「ああ、すぐに行く」

母屋に戻ると、縁側に六兵衛と雀が並んで楽しそうに話し込んでいた。雀の頰に墨がついている。今日はおりんを手伝って、お手入れ指南の草稿を書いているようだ。

「ご無沙汰しておりやす」

「なずな屋さん、桜巡りの収穫はいかがでしたかな」

「はかばかしくなかったんですが、山で一つ思いついたことがありやす。あの桜の親木を探ってみようかと」

「ほお」

「花や葉の形、咲き方で似たものを探せば、親、つまり素性がわかりやす。その見当がつけば、謎を解く糸口も摑めるかと」

「なるほど。まずは、あの桜のお父っつぁんとおっ母さんを突き止めるわけですな」

「ただ、山の桜は互いに離れて一本ずつ生えていやすから、そうたくさんの種類を確かめることができやせん。店を空けるのにも限りがありやすし」

するとい六兵衛は、はたと膝を打った。

「なずな屋さん。そんなことなら絶好の庭がありますぞ。近いうちにご一緒しますか。なに、さほど遠方でもありません。半日もあればとっくりと見て帰れます」

「そいつぁ有難いことです。ぜひ、お願《ねげ》ぇしやす」

「そこはどちらなんですか、ご隠居」

「雀坊、それは行ってのお楽しみということにしますかな」

六兵衛は自らの思いつきにさも満足げに頷いて、薄荷茶《はっか》をすすった。雀を伴って新次が花小屋に向かうのを眺めながら、ふとおりんに尋ねた。

「お袖さんは花見の後、いかが相成りました」

「いっち素敵な花魁だと、のぼせあがってしまっているようで。錦絵を並べては、日がな一日眺めているらしいですよ」

「可愛いじゃありませんか。うちのは本気の恋煩いのようでしてな、親は慌てふためいておりますよ」

「うちのって……え、まさか若旦那？」

おりんは爪先立ち、胸の前で小さく手を叩いた。あの花魁なら、辰之助が惚れても不思議ではない。

「ところがおかしいじゃありませんか、十五にもならぬうちから度の過ぎた遊びをして隠居預けになったほどのあの子が、勝手知ったる吉原に上がろうとせぬのです。それはもう商いに身を入れるようになりましてなあ。その真面目ぶりに親も番頭も慌てているような始末でして、ほんに世間とは逆様なことです」

なんだか辰之助らしいと、おりんは思った。

「己の手で稼いだ金で会いに行きたい、若旦那にとって花魁はそういうお相手なのですね」

「誰に似たのか、一本気なところがありますからな。まだ会いにも行かぬうちに、一緒になることまで考えているのやもしれませんな」

六兵衛は呵々と笑い飛ばしているが、余りのことにおりんは相槌を打てなくなった。ただ一度、隅田堤で出会っただけの花魁に、そこまでの思いを懸けるとは。だが、それも辰之助らしいのかもしれない。

「辰之助は吉野を落籍《ひか》すのにいかほどの胸算用をしているのか知れませんが、あの吉野のことだ、気に染まねば千両箱をいくつ積まれても一蹴《いっしゅう》することでしょう。しかし首尾よく相惚れになったらなったで、越えねばならぬ関がありましょうな。辰之助の道行《みちゆき》にも、この老いぼれの迷い道にも」

六兵衛はにっと笑って、眉を八の字に下げた。

五日の後、六兵衛と新次、そして雀を乗せた猪牙舟《ちょきぶね》は大川を下っていた。

揺れる柳、青葦を眺めながら両国橋の下をくぐる。永代橋を過ぎた途端、空が広がり、潮の香りが満ちてきた。一行が舟から降りたのは船松町《ふなまっちょう》の渡し場で、大名屋敷の白塀が続いて人通りの少ない道をひたすら南へ下る。もしかしたら築地の西本願寺を目指しているのかと新次は思ったが、六兵衛は西へ折れずに真直ぐ歩を進め、ようやく立ち止まったのは豪壮な屋敷前だった。

「ご隠居、こちらは」

「ささ、まずは入らせていただきましょう」

「お待ちなすってくだせえ。俺たちは羽織もつけてねえどころか、こんな身なりで」

「私だってほれ、いつもの茶羽織ですよ。さ、お気になさらず」

六兵衛が屈託なく通用門の門番に訪《おとな》いを入れる。新次と雀は顔を見合わせたが、しかたなく後について入ることにした。勝手を知っているらしい六兵衛は苔の間の飛石をすいと辿《たど》り、いくつもの建物脇を通り過ぎて潜り門を抜けた。

六兵衛に続いて足を踏み入れた新次は、目の前に広がる風景に胸を打たれたようになって立ち尽くした。

築山《つきやま》だけでもいくつあるだろうか、柔らかな山並みのようにそれらは高く低く連なり、樹木の種類の多さときたらそのまま花譜《かふ》が作れそうなほどだ。松に桐、楓《かえで》、欅《けやき》、野茉莉《えごのき》、赤四手《あかしで》、柳や桑、山法師が植わっている。桃、空木《うつぎ》、下野《しもつけ》、牡丹に芍薬《しゃくやく》も見える。それらの木々という木々、草花が芽吹き、咲き、散っていた。

その合間を幾筋もの川が巡り、ある流れは浅瀬に、ある流れは池へと向かっている。浅瀬には花菖蒲が葉の間から蕾をのぞかせ、池の水面には蓮の葉も浮かんでいる。そしてここには、鳥や蝶がたくさん訪れていた。あらゆる生きものがここに集い、春を謳っているようだ。

極楽浄土に立っているような気がして胸が高鳴り、騒ぐ。しかしやがて不思議な懐かしさのようなものが満ちてきて、身体中が凪《な》いだ。こんな庭は初めてのはずなのに、なぜこんなにも懐かしいのだろう。

六兵衛は庭内の小径をゆっくり案内するように歩いた。名木の群れと思しき椿林、そして梅林を抜けると、小径はひときわ高い築山へと続き、緩やかな上り坂になっている。六兵衛に手を貸しながら登り切ると、風流な四阿《あずまや》の前に行き着いた。中に、誰かがいる。

十徳《じっとく》をつけた男が真直ぐな背を見せて立っていた。六兵衛が声を掛けると、振り向いて新次たちのそばへと歩いてきた。新次と雀は若草の生《お》う土の上に膝を折り、平伏した。

「なずな屋新次であったな。息災にしておったか」

その朗々とした声を新次ははっきりと憶えていた。威厳に溢れ、しかも温もりのある声の主はたそがれの少将、松平越中守《えっちゅうのかみ》定信公だ。

「此度はかように見事な庭に入らせていただき、有難う存じやす」

「よう参られた。さ、立たれませい」

新次は雀の腕に手を添えて立たせ、並んで四阿に入った。六方に柱が立ち、それに沿って六角形になった三和土《たたき》仕上げの床には丸い腰掛けが四つ置かれている。定信公は一行に腰を掛けるように勧め、自らも腰を下ろした。

「そちのことは、あれからも上総屋から聞いておったぞ。是色連《これしきれん》の花競べでは大儀であった」

親しげに語りかける定信公の着物は、刺し子をほどこした洗い晒しだ。質素倹約を旨とする公は幕府の首席老中の座にあったときでさえ常は綿服で通し、三度の食事も一汁一菜を守ったと噂されていた。

六兵衛は、まるで血のつながった孫のように雀を紹介した。頰を真赤にしながらも、雀は綺麗な辞儀をした。会釈を返した定信は、雀が抱えてきた風呂敷包みに目を留めた。

「何を持参してきたのじゃ」

「はい。たくさんの種類の桜をお持ちとうかがいましたので、お許しがいただけましたら絵に描いて記録させていただこうと、巻紙と矢立を持ってまいりました」

「それは殊勝な心掛けじゃ。ならばさっそく案内いたそう」

公は立ち上がり、今、新次たちが辿って来た坂とは逆の方向へと誘った。四阿から出ると、なだらかに下る傾斜地には一面の桜の雲が広がっていた。彼方には青い江戸湾が広がり、白帆を上げた幾艘もの船が行き交っている。

六兵衛が嬉しげに言う。

「なずな屋さん、ここならいろいろな桜を一度に見られるでしょう」

「へい。……御礼の申しようもございやせん」

目許を和らげた公は、自ら先に立って林の中を巡った。これほどの品種が集められた桜林を、新次は他に知らなかった。自生種《じせいしゅ》の系統では、山桜に大山桜、丁子《ちょうじ》桜、嶺《みね》桜、豆桜、大島桜に霞桜、深山《みやま》桜。改良された里桜の系統では紅枝垂れに菊枝垂れ、普賢象《ふげんぞう》、御衣黄《ぎょいこう》まである。木々の間には、桜たちのさざめきのような香気が漂っていた。

「幾度見せていただいても、見事でございますなあ。ああ、これで老いぼれの寿命がまた延び申しましたぞ」

六兵衛が軽口で皆を笑わせる。

「これらはな、余《よ》が集めたものばかりではないのだ。我が屋敷の庭には、植えた覚えのない若木がよく育っている。鳥が運んできたものだ。それを選り分け、桜の一種だとわかったものをここに移植している」

雀が目を輝かせて尋ねた。

「鳥が運んできたというのは、実でしょうか」

「さよう。樹木は自らは動けぬゆえ、旨い実を鳥に糧として与え、種子を運ばせている。ほとんどの鳥は木の実を丸呑みするゆえ、種は糞と一緒に落とされる。肥料つきというわけだ」

「鳥に運んでもらっているから、山の中にある桜は一本ずつで立っているのでしょうか。山の中では、何本かが集まって咲いている桜に出会いませんでした」

「さように言われれば、そうだな」

定信公は雀の言葉を聞き流そうとはせず、率直な声で新次に尋ねた。

「なずな屋、余にも教えてくれまいか、その理由《わけ》を」

「正しいかどうかわかりやせんが」

「良い、そなたの考えで良い」

「親子が互いに生き延びるための、知恵かと」

「ほう」

「親木の足元に落ちた実は種から芽を出したのち、やがて光や水脈を親子で奪い合わねばなりやせん。しかし鳥に託して少しでも離れた土地に運んでもらえば、違う土地でそれぞれが生き残れやす。少なくとも、共倒れになることは防げやす」

「ならばしゅん吉の申した、山中で一人で咲く桜こそ本来の姿。群れて咲く桜には、必ず人の手が入っているということになる」

「たしかに、飛鳥山に上野、隅田堤。あれらはすべて八代《はちだい》様、吉宗《よしむね》公が、霧島屋さんを始めとする植木商に命じられてお植えになったものでしたなあ」

「はて、孫である余も同じことをしておったということか」

「でも、こうして集まって咲いている景色も美しいと存じます。花の下に集って気散じするのも、江戸っ子の楽しみではないでしょうか」

雀の言葉に大人たちは相好を崩し、定信公は笑いながら腕を組んだ。

「これは一本、取られ申した。ただ、いずれはこの庭を、もっと野山に近いものにしようと考えている。その折は、桜は離して植えることにしようぞ。孤高の桜の心意気を忘れぬために」

定信公は木々の間を歩きながら、雀に語って聞かせるように話し始めた。

「武家が花を愛でるようになった始まりは、命への懐かしみである。出陣で城を出る前に鎧具足《よろいぐそく》をつけた姿で花を生けた、それが立華《りっか》の始まりなのだ。死を覚悟した時に、山河に生かされてきた自らの姿を写したのであろうの。その儀式のために、風趣に富む枝ぶりの草木を探して揃えるようになったのが植木商の始まりである」

新次は、公の言う命への懐かしみという言葉が胸に響いた。この屋敷の庭には、まさに命が満ちている。あの世ではないのだ、今生《こんじょう》の命という命が集っているから美しく、あんなにも懐かしい気持ちがこみ上げて来たのだ。

「なれど、昨今はいかがなものであろう。職人はこれを作ればどれほど名が上がろうか、いかに懐が肥えようかばかりに腐心する。百姓は田畑を忘れ、商人は知恵を忘れ、侍は慈悲を忘れる。己が欲のなすままに生き、草木や生きものから受けた恩を忘れ、野山の恵みを一顧だにしなくなれば、国も人も痩せゆくばかりだ」

「私は長崎で商いをしていた仲間から、興深い話を聞いたことがござります。船でさまざまな国を巡ってきた異人は、この国ほど季節に恵まれた土地は他に見たことがないと申しておりましたそうな。一年のほとんどが灰色の雲でおおわれ、春はほんの束の間という国もありますそうで、そういう国の人々は、あとは野となれ、山となれなどとは、とても言えぬというのです」

そう語った六兵衛を雀はじっと見つめた。

「言えぬというのは、そういう文言がない、文言がないということは……さような生き方がないということでしょうか」

考え考えしながら口にした雀に、定信公は我が意を得たとばかりに眉間を開いた。

「いかにも。人の心の根本を作るのは、その土地の自然である。その昔、江戸開府までこの国は戦《いくさ》続きであった。兵の放った火が田畑を焼き尽くしたこともある。しかし春になれば焼け野に緑が萌《きざ》し、荒れ野に花が咲く。であればこそ、人事を尽くして天命を待とうという生き方も生まれたのだ。しゅん吉、わかるか」

「少し、難かしゅうございます」

「そうか、いや、それで良い。わからぬことはわからぬと言えるとは大したものぞ。……なずな屋、すっかり邪魔をし申したな」

あとは好きなだけここで過ごすが良いと言い残して、定信公は六兵衛を誘って屋敷内に戻った。

雀は筆を取り出すと、猛烈な勢いで桜林の中を駆け回り始めた。木札に記された名を書き付け、桜の姿を写し、目立つ特徴も書き添えている。

新次は一本一本の幹や花、葉を用心深く確かめ、あの桜との相違を照らし合わせて歩いた。花師として己が体に叩き込んできたすべてを桜の親探しに注ぎ込むかのように、木から木へと巡った。そうやって一刻は過ごした頃だろうか、ふと、気にかかる木に行き当たった。

さほど珍しくはない江戸彼岸《ひがん》だ。だが、どこかあの桜に似ている。そうだ、まだ葉が出ていないのだ。花だけが先に咲く、あの桜と同じだ。もしかしたら、江戸彼岸が親木のひとつか。そう思うと、我知らず大きな声を出して雀を呼んでいた。

三

水で洗い上げたような月夜である。

夏の終わりには力強く聞こえていた蟋蟀《こおろぎ》の声がだんだんに小さくなり、かわりに草《くさ》叢《むら》から鈴虫の澄んだ声が居間にいるおりんにも届く。夜更けはもう火の温もりが恋しい季節になっていた。

雀が床に入った後、おりんは大きな葛籠《つづら》を脇に置いて中から古い着物を取り出してはせっせと解いている。生地がまだしっかりしていれば洗い張りをして仕立て直すが、長年着古して傷みの激しいものは座布団や巾着を縫い、それも傷んだら雑巾にする。

新次はおりんの斜向《はす》かいで、湯豆腐と秋茄子の糠漬《ぬかづ》けを肴に独酌していた。二人とも、気鬱な面持ちだ。今日、思いも寄らぬ話が六兵衛からもたらされた。松平越中守が雀の利発なのに目を留められ、下屋敷の小者《こもの》として召し抱えようというのである。勤めもさることながら、本人が望めば学問の徒として育てていこうという有難いお心積りのようだ。

六兵衛によれば、首席老中の職にあった頃も、才と人品があれば身分にかかわらず人を取り立てることで知られ、「君主も民も同じく天の生ずるところ、貴賤尊卑の別はない」と言い放ってお上の不興を買ったこともあったそうだ。

世間の親と子なら「大層な出世だ」と町内に触れ回って祝うところだが、新次とおりんでそれを伝えても雀は頑なに辞退する。説得しようが宥めようが首を縦に振らず、今日も「ずっとなずな屋に置いてください。お願いします」と目に涙を溜めて頭を下げられ、二人はお手上げになった。

新次もおりんも、雀は殿様のもとで学問に身を入れるべきだと心底思い、そのことについてはもう一点の迷いもなかった。しかしどれほど利発といってもまだ十二の子供だ。己が身の振り方については分別が及ばぬのだろう。それがわかっているだけに、さて何と説いたものか行き詰っていた。

「血を分けた親なら、何て言ってやるのかしらねぇ」

背縫いの糸を抜きながら、おりんが呟く。

「わからねえ」

「私たちでは雀の背を押してやれないなんて。傷つけずに言おうと思うから言葉が鈍るのかもしれない。いっそ突き放してみてはどうかしら、花師には向いてないって」

「厭々《いやいや》ならともかく、あれほど気を入れて修業してるってぇのに今さらそんなことが言えるか。突き放しなんぞしたら、あいつは行き場を失うぞ」

「私、気甲斐性のない親代わりだったわね。あの子を手放すことが怖くて、学問の道に進ませるべきだと本当はわかっていたのにうやむやにして、このまま今の暮らしが続けばいいなんて思ってた」

「もうよせ、繰《く》り言《ごと》になる」

「そんな言い方しないでよ。私だって一生懸命考えているんだから」

おりんは縫い糸を、きゅっと手荒に引き抜いた。袖と身頃《みごろ》がばさりと外れる。新次は黙って煙管を遣い、冷めた燗酒をすすった。

毛羽立った糸を丸めながら、おりんは亡くなった伯母の言葉を思い出していた。

腹を立てながら縫い物をすると大針になる、愚痴を言いながら着物を解いたら生地が裂ける。おりんちゃん、お針仕事は厭なことの一つや二つあった日でも、なるったけ心持ちを明るくして笑いながらするもんだよ。

そうして縫った着物は、着心地がいい。伯母さんはそう教えてくれた。でなければ、麻や綿を育てた人、糸を紡いで織った人、それを運んで商った人に申し訳が立たないじゃないかと。着物が着物になるまでどれほど大勢の手がかかわっているか、そのことを忘れちゃいけないよと。

おりんは火焙りの炭を継いで燗をつけ直し、背筋を伸ばして笑って見せた。新次も苦笑いを浮かべて、ひょいと猪口を寄越す。

「ううん、今夜はやめておく。酔ったら玉留めが見えなくなるから」

新次は「あんまり根を詰めるなよ」と返したが、おりんは葛籠を引き寄せ、畳んだ着物を取り出した。青と濃鼠《こいねず》の格子柄だ。

「新さん、これ、雀がうちに初めてやって来た日に着てたものよ」

「そうだったか？」

「間違いないわ。この柄、憶えてるもの」

着物もこんなに小さかったのだと目を細めながら解き、また葛籠の中から雀の着物を取り出した。木賊《とくさ》色に白抜きの雀柄を遊ばせたもので、これはおりんが縫ってやったものだ。

「あの年の秋、うちの花小屋に賊が入ったことがあるでしょう」

「ああ、もう三年は経つか」

「あの晩、紫式部を守ってくれた雀が着ていたのがこれなのよ」

何でもよく憶えているもんだと新次は笑ったが、あちこちに鉤裂《かぎざ》きができていたのをおりんは泣きながら繕ったので忘れようもなかった。そうだ、仲春《ちゅうしゅん》の宴の後、皆が集まって木々を植えてくれた時にも雀はこれを着ていた。急に背丈が伸びたので、前の晩に上げを下ろしてやったことも思い出す。

おりんは心がどんどん平らになるのを感じながら、着物を解いていった。と、襟の内側に覚えの無い縫い目がある。右へ行ったり左へ行ったりと、まるで雀の足跡だ。まさか、あの不器用な子が自分で繕ったのだろうかと首を傾げながら糸に鋏を入れると、襟の中から何かがぽとんと膝の上に落ちた。

紙縒《こより》だ。何気無しに手に取って、開いてみる。文字が書いてあった。

「お前さん、これ」

新次に差し出すと、手にしていた煙管を置いて読み上げた。

「えらく滲《にじ》んでるな。……みなのえんまちょう、二、げんべえ、けい……何の判じ物だ？」

「お守りかしら、雀の着物に縫い付けてあったの。でも可笑しいのよ、自分で縫ったらしくて」

新次は煙管を遣いながら、眉を上げて紙片を見つめている。おりんは新次の横に坐り直して、頭を並べた。

「皆の閻魔帖……？　ふふ、可愛いわね」

「げんべえは、人の名だろうな」

おりんが長火鉢の猫板に指先でいろんな字を当てて思案していると、新次が大きな声を出した。

「おりん、閻魔帖じゃねえ、南伝馬町《みなみてんまちょう》だ。見てみねえ、みなみてんまちょう、じゃねえか？」

「しっ、雀が起きちゃうじゃないの」

「おっと、すまねえ」

「でも新さん、きっと当たりよ」

新次は急に声を潜めた。

「いや、違うんだ。殿様のお屋敷からの帰り道にな、ご隠居は店に寄って帰られるとかで日本橋で別れたんだ。それで二人になった時にな、雀が俺に聞いたんだ。南伝馬町ってこの近くなんでしょうかって」

ということは、これは誰かの住まいを記したものということになる。二人はまた、気鬱に戻ってしまった。

「栄助さんかしら。雀にだけ、こっそり居所を知らせてきた？」

「いや、あいつの字は金釘流だ。だいいち、あの男がこういう知らせ方をするとは思えねえ。俺たちに断り無しに雀をつれて行くか、逆に真っ当な人間になっていたとしたら俺たちにもご隠居にもきっちり話を通すだろう」

そうねと同意しながら、確かにこの字は男じゃない、女の手蹟《て》だとおりんは思った。はっとした。

「もしかしたら、この最後のけいって、雀のおっ母さんの名じゃない？」

「おい待て、雀の母親はあいつが七つの年に死んでるんだぜ」

おりんはこれまで何度も口にしかけてためらい、結局は控えてきた疑念を思い切って投げ掛けた。

「こんなことを言っちゃ悪いのかもしれないけれど、栄助さんて人は、行き当たりばったりに嘘をつくようなところがある気がするのよ」

「まさか、お前ぇ、雀の母親は生きていると？」

「わからない。でも雀はうちに来た時、形見らしい物を何ひとつ持っていなかったし、実のところは生き別れじゃないかと思ったことが幾度もあった」

新次はしばらく黙りこくって顎に手をあてていたが、猪口の酒をくいっと呑み干すと妙に晴れ晴れとした声を出した。

「お前ぇの言う通りかもしれねぇな。もし母親でなくても、何かしら縁のある人間に違《ちげ》ぇねえ。でなけりゃ、あいつがお前ぇに隠れてこんなところに縫い付けるはずがねえ」

おりんは素直に相槌を打った。

「新さん、じゃあ二というのは何かしら」

「上に町名があるんだ、恐らく二丁目」

「じゃあ、げんべえはお店の名」

「そうだな。いや待て、長屋の名か」

「人の名だとすれば、再縁の相手の名ということもあり得るわね。でもよほど名の知れた人でないと、子供は探し切れない。もし母親ならそんな書き方はしないはず。やっぱりお店か長屋ね」

新次が片眉を上げた。

「間違っているかもしれねぇが、これを手掛かりにして探してみねぇか、俺たちで。どうせここで頭をひねっていたって、二進《につち》も三進《さつち》もいかねぇんだ」

おりんは同意しかけたものの、新次の毎日を思うと迷いが出る。春の終わりからずっと並大抵の忙しさではないのだ。秋に売る苗を育てるだけでなく、庭に植える花木すべてを任される仕事も何件か掛け持ちしている。その上、あの桜の親探しも続けているのだ。

「新さん、私が一人で探してみる」

「そいつぁ、骨だぜ」

「無駄足を承知で動くんだもの、お前さんはただでさえ手一杯なんだから、もう少し確かなことがわかるまでは私一人でやってみる。南伝馬町」

「南伝馬町二丁目、源兵衛という店か長屋に住まっている、かも知れねぇ……」

「おけいさん……」

大店の並ぶ日本橋の通りを南に下ると、湯屋や長屋の並ぶ横丁に出た。幾人かに訊《たず》ね、ここが南伝馬町二丁目あたりと知れた。しかし目指す長屋がわからない。朝早く向嶋を出てきたというのに、道行く人に聞いても頭を振られ続け、途方に暮れて入った茶屋で「源兵衛店《げんべえだな》ならあの角を入ったところ」と教えられたのは、もう昼九つを過ぎていた。

おりんが南伝馬町を歩くようになって、今日で五日目になる。始めは源兵衛という屋号の店を虱潰《しらみつぶ》しに訪ねて回ったのだが、おけいという女は働いていないか、いても年端の行かない娘だった。何となく一人で住み込み女中でもしているのではないかと想像していたので、店の女たちの中におけいが見つからなかった時には幾度も文字の読み間違いを疑った。全く違う意味の文言であるかもしれないのだ。

毎日外に出ることなどなかったおりんを、少し不思議そうに見送っていた雀の顔が浮かぶ。しかし殿様の有難いお申し出に、これ以上返事を猶予《ゆうよ》してもらう訳にはいかなかった。もし今日も見つからなかったら、紙縒の文字の意味を雀に正面から聞いてみようと夫婦で決めていた。

棟割り長屋の裏木戸を押すと、井戸の傍の痩せた柿の木が目についた。井戸端にしゃがんで洗濯をする肥った女に「ここに、おけいさんというお方は住んでおられませんか」と尋ねると、「おけいさんなら、このはじっこだよ」と、濡れた指先で教えられた。

今度こそ、会えるかもしれない。そう思うと、胸が大きく波打った。雀のおっ母さんであるかどうか、それはわからない。たとえそうであってもどんな女《ひと》か、それもわからない。しかし今の私にできることは、この障子を引くことだ。腰高障子の前に立ったおりんは息を整え、衣紋《えもん》をつくろった。

訪いを入れようとした時、がりりと立て付けの悪い音がして女が出てきた。おりんは頰を打たれたように身を引いたが、相手も出会い頭におりんがいたので目を丸くしている。

瘦せて蒼白く、目ばかりが大きい。似ている、咄嗟《とっさ》にそう思った。間違いない、やはり生きていたのだ。そう胸の中で呟いてみると、歯の根がかたかたと音を立てそうになった。

「おけいさんで、いらっしゃいますか」

「え、ええ、さようですが、どちら様で」

「向嶋で種苗を商うなずな屋の女房、りんと申します」

「なずな屋さん」

「不躾《ぶしつけ》なことをお尋ねいたしますが、しゅん吉ちゃんのおっ母さんではありませんか？」

おけいの顔に、さっと狼狽が走った。

「あの子に、何かあったのですか」

「いえ、とんでもない。そうではありません。とても利口です、息災です」

おりんは順序違いに口走ってしまい、顔に朱がのぼる。おけいも、「私こそ早合点をしまして、申し訳ありません。どうぞ、散らかっておりますがお入りくださいまし、どうぞ」

おりんの背に回って手を当て、家の中に招き入れた。下駄を脱ぎながら、おりんは墨の匂いがする家であることに気づいた。

「先生、お客様ですよ」

おけいが奥の壁際に声を掛ける。薄暗がりにまだ目が慣れなかったが、壁を背にした総髪の男が文机で書き物をしているのが見えた。

おりんが手をついて挨拶をすると机の上から顔を上げたものの、黙ったまま首を縦に振った。おけいは茶を淹れておりんに出すと、文机の前に膝をついて男に小声で告げている。すぐに男が腰を上げ、おりんの前に二人で坐って手をついた。

「お内儀《かみ》さん、しゅん吉が大変お世話になりまして有難うございます」

しかし総髪の男は、口を開かない。おけいが言い添えた。

「お気を悪くなさらないでくださいましね。子供の頃の病がもとで喉をやられましたそうで、ごく微かにしか声が出ないものですから」

「いいえ、こちらこそ、突然お訪ねして申し訳ないことでございます」

「この人は、真島弥十郎《まじまやじゅうろう》と申します。今は夫婦として暮らしております」

男はおりんを真直ぐ見つめ、微笑んだ。まなざしが澄んでいる。やはり雀のおっ母さんは再嫁していたのだ。しかし不思議なほど、落胆を感じない。出てくる前からもしやと織り込んでいたのもあるが、それよりもこの二人に厭な翳《かげ》りを感じないからだろう。洗い晒した着物を身に着けているが垢じみていないことが、おりんをほっとさせた。身を持ち崩している様子なら人違いの振りをして帰ろう、そう決めて出て来ていた。

夫と並んで坐るおけいの頰には、笑窪があった。

「ここを誰からお聞きになりましたか？　しゅん吉……ではないでしょうね。あの子の父親が申しましたか」

そう問われると、賭けのようにして町を歩き続け、ようやく見つけたなどと口にしにくい。それにしても一体、どういうことになっているのか。おけいは自分を亡き者にしていた栄助の名を、迷いもせずに口にする。

「栄助さんは、今、どこでどうしておいでなのでしょうか」

おりんが問いで返すと、おけいの声が裏返った。

「なずな屋さんで親子一緒に働かせていただいているんじゃないのですか？　父親は花師として、しゅん吉は修業を兼ねて手伝いをしていると」

思いも寄らない言葉に、おりんは話の接ぎ穂が見つからない。

「では、しゅん吉は？　しゅん吉はどうしているのでしょう」

おりんは出がけに新次から「真綿でくるむような告げ方は事の次第を見えにくくする。まして母親から本音なぞ聞き出せねぇだろう。相手が辛いと思うだろうことも、すっぱり話してくるんだぞ」と念を押されていた。いざ目の前にすると気が臆すが、このまま互いに問い合っていたら話が縺れてしまう。

そう思ったおりんは、しゅん吉を預けたまま栄助は行方知れずになっていたこと、一度だけなずな屋を訪れ、そこで今後の身の上も託されたこと、そのまま栄助は二度と自分たちの前に姿を現さないことまでを順々に話した。さすがに、おけいが死んだことになっていたことと名前の騙《かた》りをしていたことは言えなかった。

身じろぎもせずに耳を傾けていた二人はすっかり蒼褪《あおざ》めてしまい、畳の上に頭をつけるように伏せった。

「申し訳ございません。あの人は何てことを……本当にお詫びのしようもございませんせん」

「お二人ともお願いです、頭をお上げください」

「いいえ、今度こそ改心したと申しますのを信じた私が愚かなんです。でも憑き物が落ちたみたいに顔つきが変わっておりましたので、つい信じてしまいました」

おりんには、雀たち親子の事情がまるでわからない。三年余りもの間、共に暮らしてきたというのに、自分が何も知らないことを今さらながら思い知らされていた。

「おけいさん。不躾なのは重々承知しておりますが、聞かせていただけませんか。なぜ」

「なぜ、夫婦と親子が離れ離れに生きることになったのか、その理由を……ですね」

「ええ」

顔を上げたおけいはしばらく黙って畳の目を見ていたが、意を決したようにして淡々と話し始めた。

「昨年の秋でしたか。私が働いております蕎麦屋に、あの人が入って来たんです。向こうもそれは驚いておりましたから、たぶん全くの偶然だったのでしょう。ですが私はもう心の臓が止まりそうでした。今度こそ殺される、そう思ったんです」

おりんは、留吉に引っ立てられて来た時の栄助の剣呑《けんのん》な目つきを思い出した。

「私は、しゅん吉の父親の乱暴に耐えかねて家を出ました。……でも、蕎麦屋に入ってきた日のあの人は、少し違っていました。裏口から走って逃げた私を追いながら、ただただ、頼む、聞いて欲しいことがある、渡したいものがあるんだと叫んでいたんです」

その言葉で、おけいは立ち止まってしまった。

「怖くなかったと言えば嘘になります。けれど、しゅん吉は元気で暮らしているのか、それだけは知りたくて往来の真ん中で逃げるのをやめました」

そして腰を落ち着けた汁粉屋で、栄助はそれは穏やかに話したという。向嶋のなずな屋という種苗屋で花師をしていること、しゅん吉は自分の弟子として修業していることを。

「何でも、自分が山で見つけた実ものの木があって、しゅん吉がそれに名をつけてくれたと言うのです。それは嬉しそうに、小式部と言うのだと。お客様の間でも大層評判で、しゅん吉も鼻を高くしているのだと目尻を下げておりました」

おりんの胸に、ふいに来るものがあった。新次から後で聞いた、名前泥棒の日の顚末だ。

「あの人は若い頃から、人にも仕事にも手前勝手に夢中になる癖がありまして。入れ込んだ分、ほんの少し行き違いがあるだけで憎しみが差すのです。普段は借りてきた猫みたいに温順《おとな》しいのにいきなり逆上するものですから、どこで修業しても続きませんでした。棒手振《ぼてふ》りになっても、己の身が立たぬのはこれまで世話になったはずの親方や兄弟子、朋輩《ほうばい》のせいでした。そんなあの人が初めて目を輝かせて、仕事の話をしたんです。なずな屋さんのことも、まるで自分の店のように誇らしげに」

そして栄助は、去り状を差し出したのだという。

「いつか会うことがあれば渡そうと思い、毎日、懐に入れていたと言いました。俺がしてやれることは、これくらいしかねぇからと。それで私は、あの人を信じてみようと思ったんです」

「ではその時に、ここをお教えになったんですね」

「はい。お店で筆を借りて、走り書きしました。あの人は、心配するな、俺は絶対これを開いてみることはねぇ、必ずしゅん吉に渡してやるからと請け合ってくれました」

それでも不安で堪らなかったことだろう。いつ手の平を返して乗り込んで来るか知れないのだ。しかし、人に頼んだのか自分でこっそり来たのかは知る由もないが、約束通り母親の居所をちゃんと雀の手に渡していた。

栄助のついたいくつもの嘘の谷間に咲く真実《まこと》を、おりんは拝むような気持ちで見つめた。

「昔は、私にだけは声を荒らげることのない人だったんです」

雀が生まれてから、栄助は早く店を持ちたいと夜明け前から夜更けまで働いた。そんなある日、一人の浪人者が長屋に入った。

「この人です。長屋の者は皆、先生と呼んでいたので、その癖がまだ抜けませんが」

じっと聞いていた真島は、おりんと目が合うと目を細めて小さく頷いた。はじめ、長屋の連中は浪人者の真島を気味悪がっていたという。挨拶ひとつせず、滅多に出掛ける様子がない。仇持《かたき》ちではないかと恐れ、誰も近づこうとしなかった。

そんなある日、おけいが井戸端に出て泣きやまない雀をあやしていると、突然、真島が外に出て来た。おけいは身構えたが、じっと雀を覗き込み、黙って抱き取ったのだそうだ。

「もうその時は、総毛立ちました。先生が声の出ないお人であることを知りませんでしたから」

真島はこめかみに手をやり、笑っている。

「でも、抱き上げられたしゅん吉はぴたりと泣きやんだのです。どころか、声さえ立てて笑い始めました。十五夜のお月様のような顔をしてあの子は笑っていました。それからです。この人はしゅん吉を本当によく可愛がってくれて、面倒を見てくれました。私はそのお蔭で昼間は奉公に出ることもできました。その御礼に夜はお菜を多めに作って、先生の家に運んだりもしました。……そんな暮らしが何年続きましたでしょう。しゅん吉は近所の子供と遊ぶ時以外はほとんど先生の家で過ごし、いろんなことを教えてもらったようです」

おりんにはその光景が目に見えるようだった。この先生に雀は文字を習い、書の手ほどきを受けたのだ。先生が持っていた書物を目にし、時には木刀を手に型を習いもしただろう。雀が素読《そどく》だけは不得手だったのも、何となく得心が行く。

「でもある日、しゅん吉の父親が先生の家に怒鳴り込みました。長屋に越してきたばかりの遊び人風の男が、意地の悪い差出口をしたらしいんです。目と鼻の先で女房を寝取られているとも知らないで、お目出度い亭主もいるもんだと」

そしておけいが何をどう説こうと、栄助は信じなかった。申し開きのできない真島を責め立て、おけいを詰《なじ》り、長屋中の評判になった。やがて朝から酒を呑んではおけいに手を上げるようになったという。しゅん吉のことも猫可愛がりするかと思えば突然、邪険にした。幼いしゅん吉が母親を庇うと猛り狂い、駆けつけた真島に取り押さえられても、その後、かえっておけいに酷い折檻《せっかん》をする。

「それを幾日か続けると泣いて詫びるのです。俺がどうかしていた、これからは性根を入れ替えるから見捨てないでくれと。そしてまた、同じことを繰り返しました。生傷が絶えませんでした」

おけいはそこで息をついたが、また淡々と先を続けた。

「でも、しゅん吉が七つの年の秋でした。あの人が湯屋に出て留守にしている時に先生が家に入って来て、私の目の前に手を差し出してくれたんです。行、こ、う。先生の口がそう動きました。私は何のためらいもなくその手を取り、着の身着のまま長屋を出ました。そして二人で死に物狂いでしゅん吉を探し回り、近所の子とお寺の境内で遊んでいるのを見つけた時はどれほど安堵したかしれませんでした。これでようやく地獄から抜け出せる、そう思ったんです」

おりんは思わず、目を伏せた。

「でも、あの子は頑として動きませんでした。口を引き結んで頭を振り続け、手を引こうとする私の手をはねのけました。あの時のあの子の顔は、今でも夢に見ます。むろん、抱きかかえて逃げることもできました。でも、できなかった。もしかしたらこの子なりに、父親を哀れと思っているのだろうかという思いがよぎったような気がします。でも、しゅん吉の父親に見つかったら最後だという焦りの方が強かった。暮らしの目途をつけたら迎えに来ればいいと都合のいいように心を決めて、境内からそのまま逃げました。しゅん吉を置き去りにして」

胸に鋭い痛みが走って、おりんは声を挙げそうになった。が、この二人の前で泣いては申し訳ないような気がして、懸命に涙を堪えた。

「何年も経ってからですが、その時の先生の胸の内を知りました。あの時ほど声を取り戻したいと思ったことはない。しゅん吉、一緒に来るんだと、どれほど叫びたかったことだろうと書いてありました。でも先生もなぜか、無理強いできないと思ったようです」

おけいはそこで、細く深い息をついた。

「あれからずっと、考えて考えてわからなかったことが、近頃ようやく腑に落ちたような気がしていました。なぜ、あの子は私の手を払ったのか。身寄りの無い私は、水茶屋で働いていた時にしゅん吉の父親と知り合って、さほど考えもなしに一緒になりました。一人より二人の方が食べて行きやすいだろう、そのくらいの気持ちでした。

それでも懸命に働いて、あの子を生み、育てて、また働いて。なのに、気がつけば亭主に殴られ蹴られしているんです。ただ流されるように生きてきた私が悪かったのか。そう思うと、一度でいいから己の境涯に楯突《たてつ》いてみたくなりました。子を捨ててまでも亭主から逃げ出して、すべてをやり直してみたかった。そんな私の身勝手を、しゅん吉は見抜いていたような気がします。ですから、あの子がここを訪ねて来ることは決してないんです。それはわかっていたんです」

それでも宿替えをしなかったのは、万に一つの望みを懸けて雀を待っていたからではないのか。おりんは、母親のことを尋ねても口を真一文字にして答えようとしなかった雀の幼い姿を思い出していた。

しかし、胸の内ではどれほど恋しかったことだろう。母親の居所を記した紙を紙縒にした時、その紙縒をおりんに隠れて着物の襟に縫い付けた時、殿様のお屋敷からの帰り道、新次に「南伝馬町はこの近くか」と尋ねた時、雀はどんな思いを抱えていたのだろう。

「こうしていいお方に育てていただいて、しゅん吉は果報者です。御礼を申します」

「何をおっしゃいます。私共こそ、あの子にどれほど助けられておりますことか。御礼を申さねばならぬのは私共です」

そしておりんは坐り直して、背筋を立てた。

「おけいさん、真島様。お伝えしたいことがあります」

「どうぞ、ご遠慮なくおっしゃってくださいまし。覚悟はとうにできております」

「血のつながりのない赤の他人である私が、しゅん吉ちゃんの本当の気持ちを知りようもないことは承知しております。ですが、今のあの子がどんな子か、それはお伝えすることができます。あの子は胸の中に淀みがなく、真直ぐです。暗闇とあらば、自分が光となって道を照らすような子です。そして人の思いの深いところに応じる、直《なお》き心を持っています。おけいさん、やはりあなたに似ています。そして先生、あなたが教えられた学ぶ心もしっかりと受け継いでいます。いかなる境遇にあっても、あの子は学ぶ歓びを捨てませんでした」

　おけいの目に涙が膨れ上がり、溢れた。

「じつは今、さる御大家からあの子を小者として、本人が望めば学問の徒としても召し抱えようという有難いお話を頂戴しているのです。ですが本人は私たちを気遣ってか花師の弟子になると心を決めているようで、どう説いても首を縦に振りません。それで思い余って、お伺いした次第なのです」

　すると真島がふいに立ち上がり、文机で何かを書き始めた。おけいは手拭いを目頭にあてている。すぐに真島は戻ってきて、おりんの前に反故紙の裏を差し出した。風格のある、それでいて人を圧倒するような気負いやてらいが微塵もない、懐の大きな文字が並んでいる。雀の手蹟《て》は、やはり先生のそれに似ている。

「学問には拠って立つ所の異なる流派があるゆえ、どちらの御家からのお話かお教え願えないだろうか。しゅん吉の将来の障りになるようなことは誓って致さぬ。むろん某《それがし》は口が固いので、他言の心配も御無用」

顔を上げると、真島は髭面に茶目っ気を浮かべている。おりんは、この二人に何一つ隠すことは無いと思った。

「前《さき》の御老中を務められた、松平越中守様です」

告げた途端、真島の身体がぐらりと揺らいだ。おけいは「先生」と小さく叫ぶと、顔を両の手でおおって泣き出した。

まだ冬には日数があるというのに、水を使う勤めが長いのだろう、どの指もひび割れて赤い傷口を見せていた。しかし、不器用そうな短い指、ふっくらと丸い手の甲は雀の手とまるで同じだ。

戸口の向こうで、豆腐売りを呼び止める長屋の女房たちの声が聞こえる。

「無作法ばかりでお許しくださいまし。この人は、奥州《おうしゅう》白河藩の出なのです」

「白河藩」

「下級藩士の家の四男に生まれ、病を得て言葉を発することができなくなっていたこの人を見出し、藩校で学問をつけてくださったのは、時の藩主であられた松平のお殿様だったそうです」

おりんは両の手を強く重ね合わせた。

「殿様が御老中として幕府に迎えられた時、この人も後を追うように江戸に出てきたそうです。むろん、脱藩したのですから江戸で召し抱えていただこうなどという望みを持っていたわけではなく、ただ、殿様に目をかけていただいたことがこの人の生きるよすがになっていたのでしょう。殿様のおられるこの江戸の地で学問を究めたい、そう決めていたようです。今も食べるに足るだけ筆耕の仕事をして、学問に精進しております」

「あの子が聞いたらそのご縁をいかほど喜びますことか。どうぞ今からでもご一緒に、向嶋へいらして」

二人の前に膝を進めたおりんに、真島は厳しい顔をして手を左右に振った。おけいも真島に同調する。

「お内儀さん、あの子には私たちは息災にしている、ただそれだけを知らせてくださいませんか。行く末はお内儀さんにお託し申します。揃いも揃って役に立たぬ親でお恥ずかしい限りですが、どうぞ、ご慈悲だとお思いになって」

「おけいさん……」

おりんはそれ以上、二人の翻意を促すことをせず、暇《いとま》を告げた。どんな思いでおけいが口にした言葉であるか、沁みるようにわかるからだ。雀が辛い境遇に喘《あえ》いでいるならいざ知らず、明るい兆しが見えるのだ。そんな時におめおめと再会を果たすわけにはいかない、道が開けたしゅん吉にただ前だけを見つめさせたい、それが自分たちの望みであると、木戸口に立って見送ってくれた二人のまなざしが語っているように思えた。

しかしおりんは、雀を決意させるには松平の殿様と真島との縁を話すしかないような気がしていた。糸のようなものが、それぞれを結んでいる。そこには、天意が働いていると思った。

年が明けてまもなく、雀は松平家へと発った。

前夜は三人で、ふだん通りの夕餉を囲んだ。豆腐に根深《ねぶか》を刻んだ味噌汁に鰺《あじ》の干物一枚だ。屋敷内の長屋に住み込んでお仕えする身となれば、松平家の一汁一菜をいただかねばならない。そう聞いたおりんは、六兵衛と新次が雀をつれて出仕《しゅつし》の挨拶に上がった日の夜から献立を減らした。

新次は雀と少し話をしただけで、黙って煙管ばかり遣っている。おりんが何か話しかけても上の空の返事で、挙句、早々に床に入ってしまった。平静を装おうとしているのが露わで、おりんと雀はくすくす笑った。

しかしおりんも何かの拍子に泣いてしまいそうで、風呂敷包みにばかり構っていた。殿様のお言いつけ通り、木綿の羽織袴に袷《あわせ》と単《ひとえ》の着物を一枚ずつ縫っただけなので荷は少ないのだが、風呂敷を解いて開いてはまた包み直していた。

ふと、傍らに黙って坐る雀の手が目に入った。霜焼けで真っ赤に腫《は》れている。おりんは台所から桶を持ってきてぬるま湯を張り、栴檀《せんだん》の実を浮かべた。雀の手をとって桶の中に浸させる。栴檀の香りと湯気が優しい。雀の手に手を重ねながら、おけいさんにもこの実を届けよう、そう思った。

当日、新次とおりんは雀を玄関から出した。

庭先には早朝だというのに六兵衛と辰之助、留吉一家も集まってくれている。見送る者も見送られる者も、静かである。吐く息が白い。風呂敷包みを手にした雀は皆に深々と頭を下げると、くるりと背を向けて歩き始めた。さくさくと、霜柱を踏む音だけが聞こえる。

「雀ちゃん」

お袖の手を振り切って、お梅が後を追った。藪椿が咲き揃った混ぜ垣の前で追いつき、小さな身体を丸く膨らませるようにして声を張り上げた。

「行ってらっしゃい」

雀は切り前髪のお梅の頭をくしゃくしゃと撫で、「行ってきます」と言い、もう一度皆に礼をして外へと踏み出した。

四

夏にお礼肥をはずんだのが効いたのか、枝という枝にびっしりと蕾をつけて今にも綻《ほころ》びそうだ。消し炭色の幹と枝に、蕾の白だけが冴え渡る。葉色の緑が混じらぬ美しさというものもまたあるのだと、新次は目を新たにさせられる思いだった。

七日の後、この桜を吉原の仲之町《なかのちょう》に植える。三月二日から吉原で催される夜桜のためだ。

夜桜のための桜木は、五軒の植木屋が毎年持ち回りで植えることになっている。二月の末に根付きのまま植えつけ、三月の末に催しが終われば抜いて持って帰る。背丈が伸びすぎないように面倒さえ見れば同じ木を使い回せるので、いわば元手のかからぬ良い商いだ。今年は三ノ輪にある宮与《みやよ》という植木屋が当番になっていた。

ところが宮与が持つ桜畠の木々が天狗巣病《てんぐすびょう》に罹《かか》り、半分が駄目になったという。他の植木屋に手を回して何とか数は揃えたものの、あと一本、どうしても足りない。時節柄、どの植木屋も見栄えのよいものは施主の庭に植えたあとで、若木か大木、もしくは古木しか残っていなかった。吉原の楼主で作る組合で肝煎《きもいり》を務める扇屋宇右衛門《おうぎやうえもん》は、思い余って上総屋の隠居六兵衛に相談した。

そして六兵衛は、辰之助を伴ってなずな屋を訪れた。寒の戻りがきつい冷たい夜だった。

最初に口を切ったのは辰之助だ。事情のあらましを告げ、それは美しく頭を下げた。

「新さん、急な頼みごとで申し訳ないけれど、桜の木を一本、手配をつけてもらえないだろうか」

「水くせえ真似はよしにしておくんなさい、若旦那」

六兵衛と辰之助は、紋入りの黒羽二重《はぶたえ》の羽織をつけている。新次はその様子から、これは只事ではなさそうだと感じた。申し入れの中身以上の何かがあるような気がしてならない。もしかしたら、若旦那の胸突《むなつ》き八丁、正念場かも知れねえ。

「仲之町に植える桜となれば、いかほどの大きさの木が入用でやしょう」

「二階から見下ろせる高さを超えてはいけない決まりがあるそうで、十五尺ほどの桜なら御の字らしいんだけど」

他の植木商や種苗屋同様、今のなずな屋の苗畠にも見栄えのする桜の木は残っていなかった。しかし一本だけ、あの木がある。高さもちょうど、十五尺に梢が届くほどだ。

「わかりやした。若旦那、お任せくだせえ」

「え、受けてくれるのかい、本当に？」

「なずな屋さん、もしや、あの桜を出してくださるおつもりではありますまいな」

六兵衛は新次の心積もりを読んで取ったのか、遠慮がちに言った。

「あの桜って、まさか霧島屋から預かった桜かい？　それはいけないよ、新さん。あれは門外不出なんだろう」

しかし新次は迷いもなく、きっぱりと応えた。

「ご隠居、若旦那。夜桜への納めは、このなずな屋が確かに承りやす」

辰之助はよほど覚悟をして来たに違いない、新次が一も二もなく承知したので拍子抜けしている。しかし何かあれば新次は己一人で責めを負うつもりだ。おりんはそう感じながら、酒の支度を始めた。

「なずな屋さん、誠に申し訳ないことです。それもこれも私の身から出た、古い錆《さび》のせいでしてな。辰之助にも辛い思いをさせます」

「祖父《じい》さまのせいじゃない。吉野だってそう言ったじゃないか」

おりんはその名を耳にして手が止まった。客間に入り、六兵衛の前に膝を進めて聞いた。

「今おっしゃった吉野さんって、花魁の吉野さんですか」

「二人とも、一緒になる気持ちを固めたようです」

「それは、おめでとうございます」

辰之助の思いがかなったのだ。おりんは飛び上がらんばかりになった。新次も相好を崩して、六兵衛と辰之助に祝いを述べている。

「いや、それがまだね、ちょいとお預けを喰っちまってね。それで、夜桜の桜を新さんに頼もうと思ってさ」

今夜の辰之助は珍しく要領を得ない話し振りで、新次もおりんもとんと事情が呑み込めない。

「辰之助、なずな屋さんは我々の無理なお願いを理由も尋ねず、黙って引き受けてくだすった。有難いじゃないか。やはりお二人にはすべてをお話ししておきたいと思う。なずな屋さんには、お耳汚しかもしれませんがな」

六兵衛は咳払いをすると、少し掠れた声で話し始めた。

「吉野のことは、禿《かむろ》の頃からよく知っておりましてな。辰之助との縁は、いかばかりか嬉しかったか知れません。ただ……そうなると口をつぐんでいる訳にはいかぬことがありました。今日、身請けの申し入れをしに扇屋を訪ね、吉野にも楼主の宇右衛門さんにも話して参りました」

辰之助は眉根を寄せて、目を閉じた。

「ご存知の通り、私は上総屋の二代目でしてな。と言っても、親父から引き継いだ時はさして取り柄のない店でした。三十に少し届かぬ年で主《あるじ》になった私は、己の代で上総屋を江戸一の太物問屋にしてみせようと闇雲に意気込んだものです。その決心の通り、それからの数十年は遮二無二《しゃにむに》働きましたな。やがて商いが一回りも二回りも大きくなると、丁々発止の駆け引きや浮き沈みの激しささえ面白く感ぜられるようになっておりました」

六兵衛は急に咳き込み、しかし皆に「大事ない」とでも言うように胸の前で手を挙げ、誰をも近寄らせようとしない。

「そんな頃のことです。丸茂屋《まるもや》という小さな糸問屋から納められた品物が悪く、私はそれを突き返しました。その夜、丸茂屋の主夫婦が飛んで来て、せめて半金だけでも貰えまいかと店の土間に坐り込んで動かぬのです。しかし、返す品に金を出す謂われはありません。では、せめて三分の一でいい、呉れとは言わぬ、融通してくれぬかとその夫婦は私に取り縋りました。商いを立て直したら必ず返す、今日中に金を作れなければ一家で心中するしかないのだと。その言いようから、相当無理な算段をしてきたことが知れました。

私は無性に腹が立ちましてなあ。頭を下げるだけでは何の解決にもならぬことがなぜわからぬ、借りた金をまた借りた金で返しているだけでは焼け石に水どころか、高利で身動きもつかなくなることになぜ気づかない。それはもう商人として、あるまじきことに思えました。そして私は言い放ったのです。死ねるもんなら、死んでみやがれと」

近くの森の古木に住んでいるのだろうか、冷たい闇夜の中で「襤褸《ぼろ》着て奉公、襤褸着て奉公」と梟《ふくろう》が鳴いた。

「死ぬ気があるのなら、どんなことでもできるではないか。そう思いました。あの頃の私は己の才を恃《たの》みにして商いの大勝負に打って出ようとしている時でしてな、周囲の者にも弱気を許さぬほど気を張り詰めておりました。その夜、丸茂屋の主一家が心中を図ったことは、ひと月も経ってから知りました。まだ幼い娘がひとり生き残ったことを知ったのはさらにその後で、親戚に引き取られ、吉原に売られた後でした」

そこまで話したとき、また六兵衛が咳き込んだ。辰之助が後ろに回って背をさする。おりんは台所に走って湯呑みに水を入れ、六兵衛の手に持たせた。飲み干す六兵衛の喉元はずいぶんと痩せ、幾筋も深い皺が刻まれている。

「まさか花魁が、吉野さんがその娘さんだった……ということですか」

新次が尋ねると、六兵衛は頷いた。

「吉野からすれば、私は親の仇《かたき》です。それを知らぬまま上総屋に嫁《か》して、もし人の口で知りでもしたら夫婦はどうなることか。そう思うと、黙っているわけにはまいりませなんだ。辰之助にも吉野にも。しかし二人とも私を詰ることもせず、じっと黙って聞いてくれましたよ。気性の優れた吉野の振る舞いは、これまでと寸分も変わりませんでした」

が、吉野が六兵衛にかけた声は微かに震えていた。

「ご隠居様。わっちの親は、無駄死にでありいしたか」

六兵衛は吉野の目を見つめながら首を振り、膝前に手をついた。そのまま二度と頭を上げることがないような、不動の詫びの姿のように辰之助には見えた。

一家の心中を知っても一切動じるところを見せなかった六兵衛を、陰で非情だとそしる者も少なくなかったことを辰之助は父親から聞いて知っていた。その噂で、しばらくは商いに障りさえ出たという。

許されたいとは願わなかったのだと、辰之助は思っている。ただ懸命に働き、食べ、遊んだ。茶を点て、句を詠み、花を愛でた。丸茂屋の主夫婦が生きてこの世にあればしたであろうことを、祖父さまはしたのだ。

しかし吉野は六兵衛の小さな銀髷を、ただ唇を引き結んで見つめていた。膝の上には、真白な猫が丸まっている。

扇屋の主、宇右衛門が初めて口を開いた。

「吉野や、お前はこの店に来た時から見所のある子供だった。だからこそ禿の頃から末は花魁にと、学芸百般を仕込んできたのだ。しかしな、その掛かりをすべてこの扇屋でまかなえたとお思いか」

「ご亭《てい》さん、今さら、何の謎掛けでありいす」

「上総屋さんの援助がなければ、いかな扇屋といえどもここまで湯水のようにお前に注ぎ込むことはできなかったろうと言っているのだ。私はね、始めは粋狂なお客だと思っていましたよ。江戸一の花魁に育て上げたあとは落籍《ひか》して妾にでもしようという、お道楽であろうとね」

そこで宇右衛門は息をつき、頭を下げたままの六兵衛を見つめた。

「今、この場で伺うまで、私は何も知らなかったからね。しかし扇屋ともあろう者が迂闊なことだったよ。今から考えれば、伊達や酔狂でできることではないんだ。上総屋さんの援助はね、商いがうまく行っているときだけではなかった。憚りながらご自身が着物一枚新調なさらぬ左前の時にあってさえ、決まったものを毎月欠かすことなく届けてくだすったんだ。この十三年にわたってね」

六兵衛は頭を下げたまま、静かに返した。

「私に甲斐性が無かったまでのことです。扇屋さんにいるという噂を耳にした時、かなうならば引き取りたいと思いました。しかしあの時はちょうど、一か八かの商いに身代の洗《あら》い浚《ざら》いを注ぎ込んだばかりでしてな。どこをどう引っ繰り返しても、その金を用意できなかった。不徳の致すところです」

くぐもったその言葉を聞くや吉野は猫を下ろして膝を進め、六兵衛の手をとった。

「ご隠居様、どうぞ頭をお上げなんして。そして、一人で育ったつもりで有頂天になっていたわっちをどうぞお笑いなんして」

六兵衛はようやく顔を上げた。頬が紅潮してしまっているが、吉野をいとおしげに見つめて目を細めた。

「笑うなどするものですか。私はね、お前さんと辰之助が一緒になる日が来ようとは、思いも寄りませなんだ。こんな仕合わせが巡った上は、もう思い残すことは無いような気がしております」

吉野の手におずおずと己の手を重ねた六兵衛を見て、辰之助はようやく眉を開いた。宇右衛門も二人を黙って見守り、やがて頃合いを読んだように言った。

「吉野。お前さんも知っての通り、落籍となれば三年後の年季が明けるまで店が得るであろう利益をすべて頂戴する仕来たりだ。しかしお相手が上総屋の若旦那となれば話は違う。この扇屋も江戸っ子だ。それは戴くまい。上総屋さん、恐れながら、吉野の妹分や店の者たちへの祝儀だけ弾んでやってくださいませぬか」

大店の隠居らしい居ずまいを取り戻した六兵衛は、宇右衛門の言葉に乗じることはなかった。

「それはなりません。扇屋さんが仕来たりを崩されれば、他の店に示しがつかなくなりましょう」

「しかしそれでは、私の男が立ちませぬ」

年寄り二人の押し問答が続いている間、吉野はじっと辰之助を見つめていた。背にした床の間には、人の背丈ほどもある懸崖《けんがい》仕立ての松鉢が鎮座している。

「若旦那、この身請けのお話、ご返事を少し待っておくんなんし」

「また、謎々かい？」

切れ長の目を悪戯《いたずら》っぽく細めた辰之助の前で、猫がんにゃあと返事をした。しかし宇右衛門は、畳を叩いて取り成そうとする。

「ば、馬鹿も休み休み言うが良い。吉原の遊女三千人、誰もが夢見る身請け話を、しかも相惚れの仲でなにゆえ待てとお言いだ。もしや親の死が、まだ得心いかぬと申すか」

六兵衛は、辰之助の羽織の裾に飛び込んで遊び始めた猫を見ている。

「ご亭さん、違いいすよ。ご隠居様に遺恨があって申していることではありいせん。ただ、どうしても考えてみたいことがありいすよ、若旦那」

「うん」

「わっちのご返事は、夜桜の日にお伝えしいす。来月の紋日《もんび》にはきっとわっちをお呼びなんして」

猫を抱き上げて、辰之助は頷いた。

「わかった。きっと」


おりんの胸の内が幾度も波立ち、そして輪を描いて広がっていった。

「無理を言ってごめんよ、新さん、おりんさん。本当はどんな桜が植わっていても、吉野が決める心にかかわることではないんだ。それはわかっています。ただ、この申し入れを受けるという返事なら、今度の夜桜が最後の花魁道中《どうちゅう》になる。その花を飾ってやりたいような気がしてね」

辰之助は心底、吉野を信じているのだ。それでも訳のわからぬ不安が湧いて渦巻いて、心を揺らし続けるのだろう。

新次は膝上に手を揃え、低い声で念を押すように告げた。

「ご隠居、若旦那。夜桜への納めは、なずな屋が承りやす。どうぞ、あっしにお任せくだせぇ」

今夜は早々に日本橋に戻らねばならぬという二人を見送った後、おりんは長火鉢の前に坐って茶葉を焙じ、新次は煙草盆を胡坐の脇に置いて煙管を遣っていた。

「あの桜をうちで預かることになった事の次第を私はよく知らないけれど、よく受けてさしあげたわね、新さん」

「ああ、ちょうど尺が足りていたのも何かの縁だな」

「霧島屋さんが何も気づかないでいてくださるといいけれど」

「なに、門外不出の桜といえど、今はこのなずな屋にあるんだ。その間はいかな霧島屋でも、何も言わせねえ。花師としての筋目が通らぬと言われりゃあ一言《いちごん》もねえが、ご隠居と若旦那にはもっと大きな恩がある」

おりんは焙烙《ほうろく》を揺する手を止め、相槌を打った。

「ほんとに。あの方たちがいなかったら、今のなずな屋はもっと違ったものになっていたでしょうね。雀だって」

煙管の雁首をこんと打ちつけ、新次は微塵の迷いもない目を見せた。

「どっちの義理をとると問われたら、ご隠居たちに決まってらあな。あとは、野となれ山となれだ」

吉原への出入り口は、浅草に面する大門が唯一である。板葺き屋根を戴いた質素な冠木門《かぶきもん》だが、ここからは医者以外の何者も駕籠での乗り入れを禁じられ、大名であろうと大商人であろうと皆、歩いて入門することを求められる。武家は家柄のいかんを問わず二階の座敷には丸腰で上がらねばならず、大小の刀は見世が預かることになっている。

しかも、座敷で上座につくのは遊女だ。遊女が気に入らねば、客がいかに小判を積もうが一顧だにされない。その機嫌を取り結ぶには、遊び方で粋を示すしかなかった。なればこそ売色の町でありつつ、江戸で最も格の高い社交場でもあり得るのである。商いの接待や寄り合い、文人の集まりも好んで吉原という場を選んだ。貧しい家から売られてきた娘が美貌と教養と心意気で雲上人をもひれ伏させる、そういう逆転の世界に喝采を送ったのだ。

留吉とお袖は、新次とおりんに誘われて念願の大門をくぐった。夜桜が催される三月は、廓に上がらない見物客も大勢訪れる。女の場合は茶屋が発行する切手がなければ、入ることはできても外に出ることを許されなかった。

大門を入ると、そのまま北へと貫く目抜き通りがあり、その通りをはさんだ左右に揚屋や妓楼の建ち並ぶ道が碁盤の目のように交差する。花魁道中はもとより、夜桜や玉菊灯籠《たまぎくどうろう》など吉原を挙げての催しの舞台となるのは、目抜き通りの両脇に引手《ひきて》茶屋《ぢやや》が軒を連ねる仲之町だ。

夜桜では、仲之町の通りの中心に桜並木がしつらえられ、青竹の柵に沿ってぐるりと見物できるようになっている。雪洞《ぼんぼり》と提灯で飾られた桜の足元には、下草として山吹が植えられていた。

暮れ六つ、三味線の音と遊客たちのどよめきが風に運ばれて聞こえてくる。妓楼で、夜の張見世《はりみせ》が始まったのだ。絢爛《けんらん》な打掛に身を包んだ遊女たちが二階から降りてきて、格の高い者から奥の座につく。壁一杯に描かれた鳳凰《ほうおう》を背に居並ぶ遊女たちを、客は格子越しに品定めする。

ただし呼出《よびだ》しと呼ばれる上級の遊女はこの張見世に坐らず、仲之町の茶屋から客が来た連絡が入ると自らの座敷から迎えに出る。それを道行に見立てて「道中」と呼んだ。道中を行なう権利を持つのは呼出し以上の者に限られ、その最高位に君臨する遊女が昔は太夫《たゆう》、今は花魁である。

お袖ははしゃぎ通しで、遊女の道中について歩いたり張見世をのぞいたりと、留吉を引っ張り回している。

「お袖、大概にしねぇか。息が切れらあ」

「何だい、何だい、意気地がねえの。夢にまで見た吉原にようやっと来られたんじゃねえか、遊んで帰りなよ」

「ちゃらを言うんじゃねえ。どこの世界に亭主を見世に押し込む女房がいる」

「見物しようって言ってるだけじゃねえか。誰が寝てこいと言った」

「あぁ？」

「見て、おりんさん。また道中が来たよ。豪儀な衣装だねえ」

と、また韋駄天《いだてん》のように駆け出して行く。

「もう、勘弁しろよ。この、すっとこどっこい」

「いいじゃねえか、あんなに喜んでるんだ。それより人が増えてきたぞ、お袖のそばにちゃんとついててやれ」

新次が留吉の肩を回して背をどんと押すと、慌ててお袖のあとを追った。

「新さん、うちの桜はどこに入ってるの」

「まだこの先だ」

しかし仲之町を北へ歩くにつれて、押すな押すなの混雑になっている。おりんはくいと手を握られ、驚いて見上げると真後ろにいたはずの新次だった。耳元で「はぐれんなよ」と言われ、手を握り返した。

日が落ちて闇が広がっていたが、吉原の通りは妓楼の軒先に連なる雪洞、行灯、大行灯で橙色に照らされている。どのくらい歩いただろうか、突然、幕が開くように人波が分かれた。「花魁だ」「扇屋の吉野だ」という声が聞こえてくる。とうとうその時が来たと思うと、おりんは新次の手を強く握り締めていた。六兵衛と辰之助の心願成就《しんがんじょうじゅ》を念じながらさらに歩を進めると、人垣の間から扇の紋をつけた箱提灯が見えた。

先導を務める禿は二人、隅田堤に来ていた子たちだろうか、お揃いの振袖に銀のびらびら簪が揺れて鈴の音を立てている。その後に振袖新造が四人、世話役の番頭新造、長柄《ながえ》傘《かさ》を持つ若い衆らを従えた花魁の姿を誰もが立ち止まり、固唾を呑んで見つめている。

花魁は、白無垢を着ていた。綿を入れて裾をたっぷりと膨らませた白繻子《じゅす》の打掛、白無垢の振袖を三枚襲ね、その下につけた内着だけが緋色である。前で大きく結んだ帯は銀色の緞子《どんす》で、そこに扇文様の縫い取りがしてあった。

髷は大きく二つの山を膨らませて蝶が羽を広げたように見える横兵庫《よこひょうご》で、花魁だけに許される型である。そこに本打ちの銀簪が左右に四本ずつ、象牙の前櫛が三枚、笄《こうがい》は二本、素足にはいた黒塗り畳敷きの駒下駄は高さ八寸、大きく外八文字を描きながら進む。一足ごとに「おお」とどよめきが起きた。

　新次はおりんの手を引いて、素早く人垣の間を縫うように動いた。辰之助と六兵衛が引手茶屋の前に出ている、その近くに隙間を見つけ、そこで見守ることにした。

　白無垢姿の吉野を見た辰之助の表情が、和らいだ。吉野がようやく六兵衛と辰之助の前に立った時、さわさわと桜の枝が騒ぎ始めた。夜風が出てきたのだ。禿たちの裾まである袖が風をはらんで大きく膨らんだ瞬間、雪かと思うほどの花びらがいちどきに舞い降りてきた。人々は手を差し出し、空を見上げている。

　吉野が凛と張った声で、告げた。

「こなさん、そしてご隠居様。わっちはこの身請け話、お断りしいす」

　白無垢を彩りたいかのように花びらは吉野を包み、舞い、帯にも髷にも降り積んでいく。足元にも桜色の毛氈を広げ始めた頃、ようやく辰之助が口を開いた。

「それが、お前の決めた心なのだね」

　静かな言いようとは裏腹に、辰之助の横顔は心なしか色を失っているように見える。そしておりんは、六兵衛が狼狽するさまを初めて見た。

「吉野、この老いぼれは二度とお前さんの前に顔を出さぬ。辰之助とは縁もゆかりもない身になるゆえ、考え直してもらえまいか。後生だ」

　しかし吉野は眉を微かに下げ、謎々を解いてもらえなかった少女のような笑みを浮かべた。

「ご隠居様、さようではありいせんよ。わっちは年季を勤め上げてから、辰様の家に入りたい。この十三年、扇屋のご亭さんにもお内儀さんにも、ほんに良くしていただきいした。苦界《くがい》勤めとはいえ蝶よ花よと育てられ、町娘のままでは口を利くことすらかなわぬお歴々の上座に坐ってこられたのも、やはり扇屋があったお蔭。妹分たちを次の花魁に育て上げることで、その御恩に報いたいと思いいしこと。そしてご隠居様にいただいた御恩にも。年季明けまで待てぬと言われればそれまでのこと、足袋をはけぬ身であったと思い定めえすよ」

辰之助は苦笑いをしながら、ゆっくりと首を振った。

「待つさ。三年なんぞあっという間だ」

「恩に着いす、辰様」

花吹雪が二人を包もうとするが、吉野の白無垢は花びらの白を映して冴え返る。一拍置いて、禿たちが鈴を振るような声を揃えて静けさの中に放った。

「ささ、こなさん、まいりましょうぅぅぅ」

花魁道中は辰之助と六兵衛を加え、揚屋へと向かい始めた。人々の波も華やかな興奮を引き連れたまま、その後を行く。

おりんは、安堵とも切なさともつかぬ息をついた。人が真実《まこと》を通して生きることの、何と厳しいことだろう。

新次はおりんの手を引いたまま、桜を見上げていた。散れども散れども花は雲のように枝をおおい尽くして余りあり、その見事な散りように歓声を挙げる者もいるが、柵の前で立ち止まっているのは新次とおりんだけである。

「解けたぞ、おりん」

「新さん？」

「こいつは、咲いて散るためだけに生まれてきている」

「どうした、新ちゃん」

留吉とお袖が駆け寄ってきた。

「ただ咲くためだけに、己の力を使い果たす。蜜さえ作れぬほど、咲くことだけに季節のすべてを費やすんだ。病に抗う力すら残していないだろう、恐らく寿命も短いに違いない。あまりにも自然からかけ離れた異形《いぎょう》の桜を、人の手が作ってしまったんだ」

新次は、桜の雲に向かって手を伸ばした。

「そうだ、だから霧島屋は門外不出としたんだ。それでも放置するには忍びないほど美しかった。一子相伝にして、代々の伊藤伊兵衛《いへえ》が世話をし続けた。だからこいつは、ここでこうして咲いている」

翌春、六兵衛が逝《い》った。

下男が庭掃きをしているのを縁側で茶を飲みながら眺めていた。丸い陽溜まりの中で、穏やかな笑みを浮かべたまま息を引き取っていたという。辞世の句はなかった。

終　章　語り草の、のち

吉原が炎上した。

ただでさえ火事の多い江戸のこと、吉原も三年に一度は火事を出していた。焼け出されると、深川など別の土地に仮宅《かりたく》と称す急拵えの見世《みせ》を設営して営業を続ける。仮宅では揚げ代を安くする仕来たりであるので、気安く見世に上がれると大層な人気である。

お蔭で焼け肥りする見世もあるほどだが、花魁吉野を亡くした扇屋の主《あるじ》はがっくりと肩を落とし、閉業を噂されていた。

毎日、寒空の下の焼け野に辰之助が立ち尽くしている。そんな噂を聞いた新次とおりんは、吉原の焼け跡を訪ねた。

焼け落ちた楼閣の残骸は綺麗に片付けられ、次々と普請が始まっている。大工たちが忙しなく立ち働く場から離れ、ぽつんと焦土にしゃがんでいる辰之助の姿があった。たくましくなっていた軀《からだ》が、一回りもげっそりと殺がれている。

新次とおりんに気づくと、辰之助は微笑んで見せるかのようにひび割れた唇の片端を上げた。目の下には隈が広がって、葬儀の日よりさらに窶《やつ》れが進んで見えた。

「年季が明ける日まで、あと三月《みつき》だったんだ。そしたら、丸髷を結って白足袋をはいた女房姿が見られるはずだった」

それだけを語って、辰之助はまた土の上に目を落とした。

吉原の遊女はいかに位の高い者でも、弔いを出してもらえぬどころか無縁仏として葬られるのが尋常だ。しかし扇屋の主、宇右衛門は末期の力を振り絞るように方々に手を尽くし、廓始まって以来の花魁と謳われた吉野の葬儀を出した。

葬儀に参列した人々が小声で語っていたことを思い出すと、おりんの胸は刃《やいば》で裂かれたようになる。

扇屋に火が移った時、見世の者は真先に吉野をつれ出して火から守ったそうである。しかし禿《かむろ》が一人いないことに気づいた吉野は、供の者の制止を振り切って火の中に飛び込んだそうだ。いや、可愛がっていた猫を助けに戻ったんだと言う者もいた。

吉野の亡骸は、上総屋の菩提寺に手厚く葬られた。

新次が腰を屈めて、そっと声を掛けた。

「若旦那。しばらくうちで養生なさいやせんか」

「そうですよ、そうしてください。留吉さんやお袖さんもどれほど案じておりますことか」

「有難う。皆の気持ち、恩に着るよ」

辰之助はそう言って、足元の何かに向かって手を合わせた。新次とおりんは顔を見合わせ、同じようにしゃがんでみると、焦げ臭い土の合間から草が芽吹いているのが目に入った。黒土を持ち上げ、緑の双葉を開こうとしている。

「春だねえ。どんな土地にも誰にでも、分け隔てなく春は巡ってくる。この草こそきっと、菩薩なんだねえ」

おりんは溢れそうになる涙を懸命に堪え、草を拝んだ。新次も手を合わせている。

今朝はまだ冷たかった風がやわらいで、そよいだ。

やがて辰之助がゆっくりと腰を上げた。新次とおりんも立ち上がってもう一度向嶋での養生を勧めたが、辰之助は首を振った。

「もう大丈夫さ。私は後追いはしない。狂いもしない。泣くのは今日で仕舞いにしよう、そう思ってここに来たんだ。来月、上総屋六兵衛の名を継ぐよ。お父っつぁんもおっ母さんも年をとったしね、いつか女房も迎えようと思う」

新次の目が真赤になった。

「寿命が尽きるその日まで生き抜くよ。精一杯稼いで、食べて、遊ぶよ。祖父《じい》さまのようにね」

そう言って辰之助は、にっと笑った。


新次は、門外不出であった桜を霧島屋に返すことにした。

三年前の夜桜のあと、霧島屋からは何も言ってくることはなかった。もしかしたら今の当主はこの桜のことを聞かされていないのではないか、そんな気がしていた。しかし、桜を守ってきた霧島屋代々の主、そして一子相伝の謎解きを新次に託して去った理世の心を思うと、謎が解けたと己が得心した限りはやはり返すのが筋であろうと考えた。

理世の消息は、全く耳にすることはなかった。ただ、生前の六兵衛が一度だけ何気なく語ったことがある。京で、放置された荒れ庭の修復に力を注ぐ者がいるらしい。もとは江戸の花師で、いつも裁衣袴《たつつけばかま》をつけた女庭師であると。

新次は縁側に文机を出し、自ら筆をとって桜に添える要説を記し始めた。まだわからぬことも多かったが、江戸彼岸を母としてさまざまな組み合わせの台木を試し、それによって得た推察を書き入れた。名は、花魁を偲《しの》んでつけた。

吉野桜
五弁の花びら、白に近い淡紅色
花は三つ四つが鞠のように集まりて咲く
葉より先に花開き、散り際の潔さは他に比類なし
江戸彼岸と大島桜を親に持つ交配種と拝察せり
生長は速いが開花にすべての力を注ぎて蜜少なく
結実すること稀で種を持たず
自ら子を成す術を持たぬものなり
これを殖やすには、台木に吉野桜の挿し芽を接ぐ方法のみ
ただ、人のために咲く、
なればこそ美しく、人の手を好む桜なり

筆を措いた新次がふと顔を上げると、おりんが茶盆を運んできた。いつもの一服だ。薄荷《はつか》茶に添えておりんが差し出したのは、四角く切られた菓子だ。皿を手に取って陽に透かすとぷるると揺れ、中に桜の花が入っているのが見える。

「作ってみたの。桜寒天」

「ほう、珍しいもんだな」

「そうね、きっと珍しいでしょうね」

おりんは含み笑いをして肩をすくめて見せた。新次にはとんと訳がわからなかったが、「あ」と膝を打った。

「そうか、あの桜なのか」

しかしおりんは、少し申し訳なさそうな顔をした。

「試してみたけれど、あの桜はうまく塩漬けにできなかったの。これは、桜湯に使う八重桜の五分咲き」

「そうか、そうだな」

その方が吉野桜らしいやと、新次は胸の中で一人ごちた。

桜寒天を口に入れると、春の影のような味がした。冷たくても、すぐそばには明るい陽溜まりがあることを、影はちゃんと知っている。

「おりん、旨《うま》い」

「そう?」

笑った女房の頬に笑窪があるのを、新次は久しぶりに見たような気がした。懐かしいような気がしてちょっと俯き、昼下がりの庭に目をやった。

世が天保になった頃、往時の隆盛は見る影もないと噂される霧島屋から新種の桜が売り出され、大層な評判を呼んだ。花つきが良く、散り際が見事であると聞いてさっそく見に出掛けた真島俊成《まじましゆんぜい》は、ひと目であの桜であることがわかった。

今では染井の地にちなんで「染井吉野」と呼ばれ、江戸っ子の憧れになっている。

俊成は松平家の右筆《ゆうひつ》を任ぜられた折に名字帯刀を許され、楽翁《らくおう》と称した定信公が亡き後は湯島の学問所で教授方出役《きようじゆかたでやく》を務めた。齢五十を越えてのちは向嶋の地に戻って私塾を開き、侍も町人も百姓の子も志さえあれば広く迎え入れた。上総屋の隠居となった辰之助の孫も、先年から通ってきている。

俊成が何より楽しみにしているのは、暇を見つけて野山を巡り、木々や草花の記録を取って図譜を作成することである。野山巡りには弟子ではなく、必ず妻のお梅を伴った。

自然の風景を写した自邸の庭も、いつ見ても歩いても飽くことがない。木の実をついばみ、巣を作り、山に帰っていく鳥たち。花から花へと舞う蝶や蜜蜂。隅田川から引いた流れは、その水面の輝きひとつで時を告げてくれる。

そしてあの楠は、いくつの季節を抱いてきたことだろう。木漏れ陽を求めて樹下にしつらえた床几《しょうぎ》に向かって踏み出したとき、俊成はふと「雀」と呼ばれたような気がして振り向いた。

参考文献

『江戸切絵図と東京名所絵』白石つとむ（編）　小学館
『江戸切絵図を読む』祖田浩一　東京堂出版
『江戸語事典』三好一光（編）　青蛙房
『江戸語に遊ぶ』新井益太郎　三樹書房
『江戸の色里　遊女と廓の図誌』小野武雄（編）　展望社
『江戸の園芸　平成のガーデニング』小笠原亮　小学館
『江戸の自然誌「武江産物志」を読む』野村圭佑　どうぶつ社
『江戸の道楽』棚橋正博　講談社選書メチエ
『江戸繁昌記１』寺門静軒　朝倉治彦・安藤菊二（校注）　東洋文庫
『江戸繁昌記２』寺門静軒　朝倉治彦・安藤菊二（校注）　東洋文庫
『江戸文人の嗜み　あそびの詩心・歌心』秋山忠彌　勉誠出版
『日本農書全集54「花壇地錦抄（武蔵）」』伊藤伊兵衛（三代目）　農山漁村文化協会
『花壇地錦抄・草花絵前集』三之丞伊藤伊兵衛・伊藤伊兵衛　加藤要（校注）　東洋文庫
『桜のいのち庭のこころ』佐野藤右衛門　草思社
『サクラを救え「ソメイヨシノ寿命60年説」に挑む男たち』平塚晶人　文藝春秋

『十九世紀日本の園芸文化　江戸と東京、植木屋の周辺』平野恵　思文閣出版
『植物民俗』長澤武　法政大学出版局
『植物名の由来』中村浩　東京書籍
『図説浮世絵に見る江戸吉原』佐藤要人（監修）・藤原千恵子（編）　河出書房新社
『図説江戸の学び』市川寛明・石山秀和　河出書房新社
『すべては江戸時代に花咲いた　ニッポン型生活世界の源流』「現代農業増刊」　農山漁村文化協会
『泣いて笑って三くだり半　女と男の縁切り作法』高木侃　教育出版
『花と日本人　花の不思議と生きる知恵』中野進　花伝社
『武玉川・とくとく清水　古川柳の世界』田辺聖子　岩波新書
『三田村鳶魚　江戸生活事典』稲垣史生（編）　青蛙房
『野鳥を呼ぶ庭づくり』藤本和典　新潮選書

解説

大矢博子（書評家）

朝井まかてのデビュー作『実さえ花さえ』をこうして装いも新たにお届けできることになり、感慨に耽《ふけ》っている。

本書は二〇〇八年に第三回小説現代長編新人賞の奨励賞を受賞した作品である。二〇一一年に『花競《はなくら》べ　向嶋《むこうじま》なずな屋繁盛記』と改題して文庫化された。それから十四年が過ぎ、改めて当初のタイトルに戻しての新装文庫化である。

最初の文庫化の折にも私が解説を担当し、新人離れした完成度の高さについて熱く語ったものだったが、それからの朝井まかての活躍は目覚ましかった。

デビュー以降は庭師を主人公にした『ちゃんちゃら』、江戸の女性が上方で生き直しを目指す『すかたん』（いずれも講談社文庫）と市井ものが続いたが、四作目『先生のお庭番』（徳間文庫）でオランダ商館のシーボルトのもとに奉公に出た少年を主人公に幕末を描いたのを機に、歴史ものへと作品の幅を広げる。そして歌人・中島歌子《なかじまうたこ》を通して幕末の水戸の悲劇を描いた『恋歌《れんか》』（講談社文庫）で二〇一三年下半期の第百五十回直木賞を受賞する。

その後、井原西鶴《いはらさいかく》を娘の目から描いた『阿蘭陀西鶴《おらんだ》』（講談社文庫）で第三十一回織田作之助賞を、葛飾北斎《かつしかほくさい》の娘・葛飾応為《おうい》の生涯を綴《つづ》った『眩《くらら》』（新潮文庫）で第二十二回中山義秀文学賞を、江戸時代最大の贈収賄事件と呼ばれる辰巳屋疑獄をモチーフにした『悪玉伝』（角川文庫）で第二十二回司馬遼太郎賞を、幕末長崎の商人・大浦慶《おおうらけい》を描いた『グッドバイ』（朝日文庫）で第十一回親鸞賞を、そして森鷗外《もりおうがい》の末子・類《るい》の生涯を描いた『類』（集英社文庫）で第七十一回芸術選奨文部科学大臣賞と第三十四回柴田錬三郎賞を受賞……と、受賞歴を逐一挙げていてはこの解説の大半の紙幅を使ってしまいそうなのでこのあたりにしておくが、まさに破竹の勢いで、いまや現代を代表する歴史時代小説家のひとりとなったわけだ。確かにデビュー作を読んだとき「新人離れした」とは思ったが、まさかここまでとは。

今列挙した作品は『類』を除けば江戸期から幕末の話に集中しているが、最近は近代史ものにも意欲を見せ、たとえば明治神宮の杜ができるまでを描いた『落陽』（祥伝社文庫）、女性画家・山下《やました》りんの壮絶な人生を追う『白光』（文春文庫）、ＮＨＫの朝ドラでも注目された植物学者・牧野《まきの》富太郎《とみたろう》の生涯を描いた『ボタニカ』（祥伝社）、日本初の洋食店を始めた人物として知られる草野丈吉《くさのじょうきち》の物語『朝星夜星』（ＰＨＰ研究所）などなど、まあ次から次へと、よくもこんなテーマを掘り起こしてくるものだと一作ごとに感心している次第だ。

こうして並べてみると、朝井まかては完全に歴史ものにシフトしてしまったかのように見える。だが、江戸の介護をテーマにした『銀の猫』（文春文庫）や第十一回舟橋聖一文学賞受賞作『福袋』（講談社文庫）のような市井ものも引き続き書いているし、何より、先に挙げた作品群は実在の人物や出来事に材をとった歴史小説を主戦場にしているように見えて、いずれも職人や芸術家、学者、あるいは商人といった、何かを作り上げたり生み出したりという「生業《なりわい》」を持つ者たちの物語が大半であることに留意されたい。歴史事件を描いてはいても、歴史上の人物を主人公に据えてはいても、朝井まかてが見つめ続けているのは「何が彼（彼女）をそうさせるのか」という人の業《ごう》である。その姿勢は歴史ものでも市井ものでも変わらない。

そしてその人の業を、職人という生き方を通して描いた最初の作品が、このデビュー作『実さえ花さえ』なのだ。

デビュー当初は、ただ職人ものとして、人情市井小説として、上手《うま》いなあ新人離れしてるなあと感心して読んだ。しかしその後の朝井まかてを知ってから本書に立ち返ると、なんだ最初からここにすべてがあったのだ、とあらためて気付かされたのである。これは歴史事件を描いた作品ではなく架空の時代ものではあるが、それでもまごうかたなき朝井まかての「原点」と「粋」と「萌芽」が本書に存在するのである。

前振りが長くなったが、本書の概略を紹介しておこう。二〇一一年時点での文庫解説と重なる部分もあるがお許しいただきたい。

『実さえ花さえ』は、文化文政期の江戸・向嶋を舞台に、小さな苗物屋「なずな屋」を営む新次《しんじ》・おりん夫婦を描いた市井時代小説である。

新次の職業は花師。これは木や草花を栽培し、種から育てたり、挿し芽、挿し木、接《つ》ぎ木、品種改良などを行う職人のことで、切り花売りとも庭師とも趣を異にする。つまりは苗物屋、現代ならナーセリーと呼ばれる職業にあたる。

新次は江戸城にも出入りする大手の植木商で修業した経験があり、しっかりした技術を持っている。ただイケメンゆえに苦労も多く、女性には必要以上に無愛想。一方、妻のおりんは手習いの師匠をしていたというだけあって物知りで頭の回転も早く、人当たりもいい。ということで客あしらいはもっぱらおりんの担当だ。

新次を気に入ってくれた粋人のご隠居から大量の桜草を発注されたり、花競べに出品を誘われたりするようになるが、そこになぜかいつも妨害が入る。それを夫婦の機転や周囲の人の助けで乗り切っていくというのが物語の大枠だ。

まず何と言っても目を引くのは、江戸の職業小説としての面白さである。種苗に疎《うと》い読者にとっては当時の花師の仕事のひとつひとつが驚きと感心に満ちているし、ガーデニングを趣味とする読者なら「これは既に江戸時代にあった習慣なのか」「当時はこんな工夫をしていたのか」と嬉《うれ》しくなるだろう。この趣向は後の歴史職人ものでも存分に活かされている。

中でも注目願いたいのが、前半の山場である花競べだ。新種・珍種の花を出品して甲乙をつけるという品評会がこの時代には盛んだった。この花競べを巡る一連の騒動は、江戸の庶民にとって花とはどのようなものだったのかを読者に教えてくれるのみならず、今はあまり実感できなくなってしまった「自然」「命」といったものへの愛が集約されている。花という限りある命、けれど次の世代へと受け継がれていく命。それを愛《め》でる気持ちと、そこに手を出そうとする傲慢《ごうまん》さ。命や自然を良くも悪くも人間のコントロール下に置こうとする現代にあって、ちょっと待て、と立ち止まって考えさせるには格好のモチーフだ。

この「自然の命への慈《いつく》しみ」が本書のふたつめの魅力にも通じている。それは人情小説としての完成度の高さだ。

まず人物がいい。主人公の新次・りん夫妻だけでなく、近所の留吉《とめきち》・お袖《そで》夫婦もいい味を出しているし、知り合いに押し付けられた子供の雀《すずめ》（本名はしゅん吉だが、鼻づまりのため自分で発音するとちゅん吉になるので雀というあだ名がついた）がもう、可愛《かわい》いやらいじらしいやら。実は大物らしいご隠居、その孫の辰之助《たつのすけ》（この男がまた楽しい）、凜とした花魁《おいらん》など魅力的なキャラは枚挙に暇《いとま》がない。

彼らはそれぞれ環境も生い立ちも異なるが、それぞれの環境の中で自然に、ありのままにあることが共通している。無理に自分を捩《ね》じ曲げようとせず、無体に他人の心や生き方を変えさせようともしない。それぞれの持ち分の中で精一杯生きようとしている。それに反するものはなにがしかの代償を支払うはめになる。

そのありようは、新次が珍奇を尊ぶ品種改変を嫌うことに通じている。ここで本書のふたつの魅力がリンクする。新次が品評会に出した木が「人の都合で無理をさせられているところがありませぬ」と褒《ほ》められる場面や、「山中で一人で咲く桜こそ本来の姿。群れて咲く桜には、必ず人の手が入っている」と武家（この武家が誰かというのがポイント。歴史小説家としての萌芽がここにあるぞ！）が呟《つぶや》く場面など、花木にまつわる本書のメッセージはすべてそこにつながる。花本来の姿を大切に慈しむこと。それは人との関わりにも言えることなのだ。

本書のタイトルの出典は、万葉集にある聖武天皇の歌だ。

「橘《たちばな》は　実さへ花さへ　その葉さへ　枝《え》に霜降れど　いや常葉の樹」

橘はたとえ枝に霜が降ろうとも、実も花も葉もその瑞々《みずみず》しさを失うことなくいつまでも栄える立派な樹だ、という意味の歌で、橘氏の姓を賜《たまわ》った皇族の祝賀に詠《よ》まれた。つまりは人名の橘と植物の橘をかけた祝歌なのだが、そういう背景はちょっと忘れて。たとえ霜が降っても瑞々しく枝を伸ばす樹木の強さと清々《すがすが》しさは、そのまま本書の登場人物の姿に重なる。自然に逆らわず命を愛おしむ姿に。

職人としての信念。人としての矜持《きょうじ》。こうありたいという姿を守る意志。自然に対する敬意と命に対する感謝。それこそが本書の主眼だ。種苗を生業とする新次が、りんが、雀が、それぞれの生き方をしっかり見つめる姿がここにある。それは後の朝井作品すべてに共通する通奏低音なのである。

朝井まかてが歴史小説家として名も実績も、それこそ花を満開に咲かせ実をたわわに生《な》らせた今だからこそ、こうしてその原点たるデビュー作をあらためて世に出し直すことには大きな意義がある。ここから始まったのだ。これが原点であるとともに、今の朝井まかての芽がしっかりと顔を出しているのだ。歴史小説家・朝井まかてしか知らないという読者にぜひとも本書を手に取っていただきたい。また、「朝井まかての描く人物が好き」という人にも本書は抜群の満足感を与えてくれるはずだ。

それにしても――本書の単行本が出た二〇〇八年といえば、佐伯泰英《さえきやすひで》が文庫書き下ろし時代小説を牽引し、翌年には髙田郁《たかだかおる》の『みをつくし料理帖』（ハルキ文庫）という時代職業ものの金字塔たるシリーズが始まったタイミングである。本書も職業ものとしてその流れに乗るという手もあったと思うのだが……。本書は完結しているとはいえ、今からでも遅くはない、この後の新次たちにもう一度出会いたい、彼の手が生み出す花々を見たいと思うのは私だけではないはずだ。どうですか、朝井さん。

●本書は二〇一一年十二月に刊行した文庫『花競べ　向嶋なずな屋繁盛記』を、二〇〇八年十月刊の単行本時のタイトルに戻し、新規加筆したものです。

|著者|朝井まかて　1959年、大阪府生まれ。甲南女子大学文学部卒業。2008年、小説現代長編新人賞奨励賞を本作で受賞してデビュー。'13年に『恋歌《れんか》』で本屋が選ぶ時代小説大賞、'14年に同書で直木賞、『阿蘭陀西《おらんださい》鶴《かく》』で織田作之助賞、'15年に『すかたん』で大阪ほんま本大賞、'16年に『眩《くらら》』で中山義秀文学賞、'17年に『福袋』で舟橋聖一文学賞、'18年に『雲上雲下』で中央公論文芸賞、『悪玉伝』で司馬遼太郎賞。'19年に大阪文化賞。'20年に『グッドバイ』で親鸞賞、'21年に『類《るい》』で芸術選奨文部科学大臣賞と柴田錬三郎賞を受賞。他の著書に『ちゃんちゃら』『ぬけまいる』『藪医《やぶい》　ふらここ堂』『草々不一』などがある。

実《み》さえ花《はな》さえ
朝井《あさい》まかて

講談社文庫
定価はカバーに
表示してあります

2025年４月15日第１刷発行

KODANSHA

発行者――篠木和久
発行所――株式会社　講談社
東京都文京区音羽2-12-21　〒112-8001
電話　出版（03）5395-3510
　　　販売（03）5395-5817
　　　業務（03）5395-3615

デザイン―菊地信義
本文データ制作―講談社デジタル製作
印刷―――株式会社KPSプロダクツ
製本―――株式会社国宝社

Printed in Japan

ISBN978-4-06-539107-5

講談社文庫刊行の辞

二十一世紀の到来を目睫に望みながら、われわれはいま、人類史上かつて例を見ない巨大な転換期をむかえようとしている。

世界も、日本も、激動の予兆に対する期待とおののきを内に蔵して、未知の時代に歩み入ろうとしている。このときにあたり、創業の人野間清治の「ナショナル・エデュケイター」への志を現代に甦らせようと意図して、われわれはここに古今の文芸作品はいうまでもなく、ひろく人文・社会・自然の諸科学から東西の名著を網羅する、新しい綜合文庫の発刊を決意した。

激動の転換期はまた断絶の時代である。われわれは戦後二十五年間の出版文化のありかたへの深い反省をこめて、この断絶の時代にあえて人間的な持続を求めようとする。いたずらに浮薄な商業主義のあだ花を追い求めることなく、長期にわたって良書に生命をあたえようとつとめるところにしか、今後の出版文化の真の繁栄はあり得ないと信じるからである。

同時にわれわれはこの綜合文庫の刊行を通じて、人文・社会・自然の諸科学が、結局人間の学にほかならないことを立証しようと願っている。かつて知識とは、「汝自身を知る」ことにつきていた。現代社会の瑣末な情報の氾濫のなかから、力強い知識の源泉を掘り起し、技術文明のただなかに、生きた人間の姿を復活させること。それこそわれわれの切なる希求である。

われわれは権威に盲従せず、俗流に媚びることなく、渾然一体となって日本の「草の根」をかたちづくる若く新しい世代の人々に、心をこめてこの新しい綜合文庫をおくり届けたい。それは知識の泉であるとともに感受性のふるさとであり、もっとも有機的に組織され、社会に開かれた万人のための大学をめざしている。大方の支援と協力を衷心より切望してやまない。

一九七一年七月

野間省一

講談社文庫 最新刊

高瀬隼子
おいしいごはんが食べられますように
食と職場に抱く不満をえぐり出す芥川賞受賞作！　最高に不穏な仕事×食べもの×恋愛小説。

内館牧子
老害の人
昔話に病気自慢にクレーマーなどなど。「迷惑なの」と言われた老害の人々の逆襲が始まる。

桃戸ハル 編・著
5分後に意外な結末
〈ベスト・セレクション　空の巻〉
シリーズ累計525万部突破！　たった5分で楽しめるショート・ショート傑作集！最新作！

林　真理子
みんなの秘密
〈新装版〉
十二人の生々しい人間の「秘密」を描く著者の代表作。吉川英治文学賞受賞の連作小説。

西尾維新
掟上今日子の色見本
忘却探偵・掟上《おきてがみ》今日子《きょうこ》が誘拐された。警備員親切《おやぎり》による、懸命の救出作戦が始まった！

輪渡颯介
夢の痕《あと》
〈古道具屋　皆塵堂〉
峰吉《みねきち》にとびきりの幽霊を見せて震え上がらせてやりたい！　皆が幽霊譚《たん》を持ち寄ったが!?

秋山 駿

簡単な生活者の意見

解説=佐藤洋二郎　年譜=著者他

敗戦の夏、学校を抜け出し街を歩き回った少年は、やがて妻と住む団地から社会を注視する。虚偽に満ちた世相を奥底まで穿ち「生」の根柢とはなにかを問う言葉。

978-4-06-539137-2
あD5

水上 勉

わが別辞　導かれた日々

解説=川村 湊

小林秀雄、大岡昇平、松本清張、中上健次、吉行淳之介——冥界に旅立った師友への感謝と惜別の情。昭和の文士たちの実像が鮮やかに目に浮かぶ珠玉の追悼文集。

978-4-06-538852-5
みB3

講談社文庫　目録

2025年 3月 14日現在